dagoN

Tradução
Celso M. Paciornik

H.P. LOVECRAFT

Títulos originais
The Lurking Fear; Dagon; Facts Concerning the Late Arthur
Jermyn and His Family; The Temple; The Moon-Bog;
The Unnamable; The Outsider; The Shadow Over Innsmouth

Copyright © desta tradução e edição
Editora Iluminuras Ltda.

Capa e projeto gráfico
Eder Cardoso / Iluminuras

Preparação e revisão
Bruno Silva D'Abruzzo
Camila Cristina Duarte

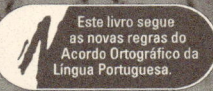
Este livro segue as novas regras do Acordo Ortográfico da Língua Portuguesa.

CIP-BRASIL. CATALOGAÇÃO NA PUBLICAÇÃO
SINDICATO NACIONAL DOS EDITORES DE LIVROS, RJ

L947d

Lovecraft, H. P. (Howard Phillips), 1890-1937
  Dagon / H. P. Lovecraft ; tradução Celso M. Paciornik. - 2. ed. - São Paulo :
Iluminuras, 2015.
  192p; 21 cm.

Tradução de: Dagon

ISBN 978-8573-21-466-6

1. Conto americano. I. Paciornik, Celso M. II. Título.
15-20975   CDD: 028.5
                             CDU: 087.5

2020
EDITORA ILUMINURAS LTDA.
Rua Inácio Pereira da Rocha, 389 - 05432-011 - São Paulo - SP - Brasil
Tel./Fax: 55 11 3031-6161
iluminuras@iluminuras.com.br
www.iluminuras.com.br

índice

o medo à espreita, 9

dagon, 37

fatos concernentes ao falecido
arthur jermyn e sua família, 45

o templo, 57

o pântano lunar, 75

o inominável, 87

o intruso, 97

a sombra sobre innsmouth, 107

sobre o autor 189

O medo à espreita

I. A sombra na chaminé

Trovejava na noite em que fui ao solar deserto no topo da Tempest Mountain[1] para me defrontar com o medo que estava à espreita. Eu não estava só, pois a temeridade não se confundia, então, com aquele amor pelo grotesco e pelo terrível que fez de minha carreira uma sucessão de horrores singulares na literatura e na vida. Estavam comigo dois homens fortes e leais que chamei quando chegou a hora; homens que, por seus peculiares físicos, havia muito se associaram a mim em minhas pavorosas investigações.

Saíramos discretamente do vilarejo por causa dos repórteres que ainda se demoravam por lá depois do pânico sinistro de um mês antes — o pesadelo da morte arrepiante. Mais tarde, pensei, eles poderiam ajudar-me, mas não os queria naquele momento. Praza Deus os tivesse deixado partilhar da busca, pois assim não teria de suportar sozinho, e por tanto tempo, o segredo, temendo que o mundo me achasse louco ou ele próprio me enlouquecesse com as implicações diabólicas da coisa. Agora que, por qualquer sorte, estou contando tudo para que as aflições não me enlouqueçam, gostaria de nunca tê-lo ocultado. Pois eu, e somente eu, sei que tipo de pavor estava à espreita naquela montanha espectral e desolada.

[1] Montanha da Tempestade. (N.T.)

Metidos num pequeno automóvel, cobrimos os quilômetros de morros e florestas primitivas até a encosta arborizada impedir-nos de seguir em frente. A região apresentava um aspecto mais sinistro do que o habitual agora que a víamos à noite e sem as multidões costumeiras de investigadores, e isso nos levou a usar frequentemente a lanterna de acetileno, apesar da atenção que ela poderia atrair. Não era uma paisagem salubre depois do anoitecer, e acredito que teria notado sua morbidez mesmo se não tivesse conhecimento do terror que andava à solta por lá. Criaturas selvagens não havia — elas ficam alerta quando a morte furtiva está por perto. As velhas árvores atingidas pelos raios pareciam extraordinariamente grandes e retorcidas, e o restante da vegetação terrivelmente denso e febril, enquanto curiosos montículos e outeiros no terreno coberto de mato esburacado por fulguritos[2] sugeriam-me serpentes e crânios humanos avolumados em proporções gigantescas.

O medo estivera à espreita na Tempest Mountain por mais de um século. Isso, eu logo fiquei sabendo pelos relatos dos jornais sobre a catástrofe que, pela primeira vez, atraiu interesse mundial para a região. O lugar é uma elevação solitária e remota naquela parte das Catskills, onde a civilização holandesa um dia penetrara, fraca e provisoriamente, deixando para trás, ao regressar, algumas mansões arruinadas e uma população degenerada de posseiros habitando vilarejos miseráveis em ladeiras isoladas. Pessoas normais raramente visitavam o local antes da constituição da polícia estadual, e, mesmo agora, somente policiais montados raramente o patrulham. O medo, porém, é uma velha tradição em todas as povoações vizinhas, é o tema principal das simples conversas dos pobres mestiços que, às vezes, abandonam seus vales para trocar cestos tecidos à mão por produtos de primeira necessidade, que não podem derrubar com um tiro, cultivar ou produzir.

---

[2] Crosta vitrificada originada pela fusão de areia, ou de qualquer outra rocha, por efeito do calor do raio. (N.T.)

O medo estava à espreita no temido e deserto solar Martense que coroava o cume alto, mas não escarpado, cuja propensão a frequentes tempestades lhe valera o nome de Tempest Mountain. Por mais de cem anos, a vetusta casa de pedra rodeada de bosques fora o mote de histórias extremamente violentas e repulsivas; histórias sobre uma morte colossal, silenciosa e arrepiante que rondava o lado de fora da casa no verão. Com chorosa insistência, os posseiros contavam casos de um demônio que atacava os viajantes solitários depois do escurecer, ora os levando embora, ora os deixando desmembrados, em estado de pavor absoluto; às vezes, eles segredavam sobre trilhas de sangue seguindo na direção do longínquo solar. Para alguns, o trovão botava o medo à espreita para fora de sua morada; para outros, o trovão era a sua voz.

Ninguém que fosse de fora da região acreditava nessas histórias variadas e conflitantes, com descrições extravagantes, incoerentes de um demônio até então apenas vislumbrado, mas nenhum agricultor ou aldeão duvidava de que o solar Martense fosse mal-assombrado. A história local excluía essa dúvida, embora os investigadores que visitaram a construção depois de alguns relatos especialmente exaltados dos posseiros, jamais houvessem encontrado a menor evidência fantasmagórica ou de malignidade. As velhas avós narravam mitos estranhos sobre o espectro dos Martense; mitos sobre a própria família Martense, sua singular dissimilaridade hereditária dos olhos, sua extensa e desnaturada crônica familiar e o assassinato que a amaldiçoara.

O terror que me levou àquele ambiente foi uma confirmação súbita e agourenta das mais desvairadas lendas dos montanheses. Certa noite estival, depois de uma violenta tempestade sem precedente, uma correria de posseiros despertou a região de tal modo que uma mera ilusão não poderia ter sido a causa. As hordas deploráveis de nativos gemiam e gritavam a respeito do indescritível horror que descera sobre eles, e não tinham dúvidas. Não o haviam visto, mas tinham ouvido gritos tão graves saídos de um vilarejo, que sabiam que uma morte rastejante havia chegado.

Pela manhã, gente da cidade e policiais montados da guarda estadual acompanharam os abalados montanheses até o lugar onde diziam que a morte aparecera. Ela estava mesmo por lá. O chão sob uma povoação de posseiros cedera depois de um raio, destruindo vários barracos malcheirosos; mas, a esses danos materiais, sobrepunha-se uma devastação orgânica que ofuscava por completo a sua importância. Dos possíveis setenta e cinco nativos que habitavam o local, não se avistou nenhum vivo. A terra revolvida estava coberta de sangue e restos humanos, evidenciando, muito vividamente, a devastação provocada pelas presas e garras do demônio, embora não houvesse uma trilha visível afastando-se da carnificina. Todos, prontamente, concordaram que o causador daquilo devia ser algum animal pavoroso; e nenhuma voz ergueu-se para questionar a acusação de que aquelas mortes enigmáticas poderiam ser atribuídas aos sórdidos assassinos tão comuns nas comunidades decadentes. Essa acusação só foi retomada quando se deu pela falta, entre os mortos, de cerca de vinte e cinco membros do total da população estimada, mas ainda assim era difícil explicar o assassinato de cinquenta pessoas pela metade dessa quantidade. Mas persistia o fato de que, numa noite estival, um raio caíra dos céus extinguindo uma vila cujos corpos estavam horrivelmente misturados, mastigados e dilacerados.

A alvoroçada gente do mato relacionou imediatamente tal horror ao assombrado solar Martense, embora os dois locais ficassem mais de quatro quilômetros distantes. Os policiais mostraram-se mais céticos, incluindo o solar em suas investigações por mera formalidade e descartando-o sumariamente quando o encontraram totalmente deserto. Os campônios e aldeões, porém, esmiuçaram o lugar com infinito cuidado, revirando tudo que havia no interior da casa, revistando lagoas e riachos, batendo os arbustos e esquadrinhando as matas próximas. Foi tudo em vão; a morte havia partido sem deixar nenhum traço, exceto a própria destruição.

No segundo dia de busca, o caso foi amplamente ventilado pelos jornais. Repórteres infestaram a Tempest Mountain. Eles a descreveram com grandes detalhes e muitas entrevistas para elucidar o caso de horror tal como este era contado pelas velhas locais. Eu acompanhei as matérias, de início, com indiferença, especialista que sou em horrores; mas, depois de uma semana, captei uma atmosfera que me deixou especialmente animado, e assim, a 5 de agosto de 1921, registrei-me entre os repórteres que lotavam o hotel de Lefferts Corners, o vilarejo mais próximo da Tempest Mountain e conhecido quartel-general dos pesquisadores. Três semanas mais tarde, a dispersão dos repórteres deixou-me livre para iniciar uma terrível investigação com base nos inquéritos e levantamentos minuciosos em que me havia ocupado nesse ínterim.

Assim, naquela noite de verão, enquanto os trovões ribombavam ao longe, desci do carro e escalei com dois companheiros armados as últimas encostas onduladas da Tempest Mountain, dirigindo o facho de uma lanterna elétrica para os paredões cinzentos espectrais que começavam a surgir por entre os gigantescos carvalhos à nossa frente. Naquela mórbida solidão noturna iluminada pela luz fraca e inconstante da lanterna, a enorme elevação em forma de caixa revelava misteriosas sugestões de terror e medo, que durante o dia não se mostravam, mas isso não me fez hesitar, pois viera com o firme propósito de testar uma ideia. Acreditava que o trovão fazia o demônio mortífero sair de algum temível lugar secreto e, fosse aquele demônio uma entidade sólida ou uma pestilência vaporosa, eu pretendia vê-lo.

Eu já havia revistado por inteiro as ruínas antes, portanto, conhecia meu plano muito bem, por isso escolhi para sede de minha vigília o antigo quarto de Jan Martense, cujo assassinato reveste-se de particular importância nas lendas rurais. Por estranho que pareça, eu sentia que os aposentos dessa antiga vítima seriam os melhores para meus objetivos. O quarto, medindo cerca de seis metros quadrados, continha, como os outros, um pouco de entulho do que fora algum dia o mobiliário. Ficava no segundo andar, no canto sudeste da casa, e tinha uma imensa janela voltada para o leste e uma estreita para o sul, ambas sem vidraças nem gelosias. No lado oposto à grande janela, havia uma enorme lareira em estilo holandês, com ladrilhos decorados de motivos bíblicos representando o filho pródigo, e, no lado oposto à janela estreita, uma cama espaçosa embutida na parede.

Enquanto os trovões abafados pelas árvores iam ficando mais fortes, tratei de preparar os detalhes do meu plano. Primeiro pendurei, lado a lado, no peitoril da janela grande, três escadas de corda que havia trazido comigo. Sabia, porque as havia testado, que chegariam até a um ponto apropriado do gramado externo. Em seguida, nós três arrastamos uma grande armação de cama de quatro colunas de um outro quarto, encostando-a lateralmente à janela maior. Tendo forrado a cama de ramos de pinheiro, ali nos deitamos os três com as automáticas à mão, dois descansando enquanto um ficava de vigia. De qualquer direção que o monstro pudesse vir, nossa possível fuga estava preparada. Se viesse do interior da casa, tínhamos as escadas na janela; se de fora, a porta e a escadaria. A julgar pelos fatos precedentes, não pensamos que ele iria perseguir-nos até mais longe, mesmo na pior das hipóteses.

Meu turno de vigia foi da meia-noite à uma, quando, a despeito da casa sinistra, da janela desprotegida e da aproximação dos raios e trovões, eu me senti singularmente sonolento. Estava acomodado entre meus dois companheiros, George Bennett do lado da janela e William Tobey do lado da lareira. Bennett dormia, tendo sentido, ao que parece, a mesma sonolência anormal que me afetara, por isso designei Tobey para o turno seguinte, ainda que ele também estivesse cabeceando. É curiosa a intensidade com que eu estivera observando a lareira.

O aumento da tempestade deve ter me afetado os sonhos, pois, no breve intervalo em que estive adormecido, visões apocalípticas me acometeram. Em certo momento, fiquei meio acordado, provavelmente porque aquele que dormia perto da janela deitou, sem querer, o braço sobre o meu peito. Eu não estava desperto o bastante para verificar se Tobey estava cumprindo seus deveres de vigia, mas senti uma ansiedade distinta naquele momento. Nunca antes a presença do mal me oprimira de maneira tão intensa. Depois, devo ter caído de novo no sono, pois foi de um caos nebuloso que minha mente despertou sobressaltada quando a noite encheu-se de gritos pavorosos além de qualquer coisa de minha imaginação e experiência anteriores.

Em meio àquela gritaria, a alma mais secreta do medo e da agonia humanos agarrou-se desesperadamente aos portais escuros do esquecimento. Despertei com a loucura escarlate e os escárnios do diabolismo, enquanto aquela angústia demente e cristalina recuava reverberando, cada vez mais longe, mais longe, vistas inconcebíveis abaixo. Não havia luz, mas eu pude perceber, pelo espaço vazio à minha direita, que Tobey se fora, só Deus sabe para onde. Sobre meu peito, repousava ainda o braço pesado do companheiro adormecido à minha esquerda.

Foi então que aconteceu o estrondo devastador do raio que abalou toda a montanha, iluminou as criptas mais escuras do venerável cemitério e rachou a patriarca das árvores retorcidas. Ao estrondo infernal de uma estupenda bola de fogo, o homem adormecido ergueu-se sobressaltado, enquanto o clarão do lado de fora da janela projetava nitidamente sua sombra na chaminé acima da lareira da qual meus olhos nunca se afastavam. O fato de eu ainda estar vivo e são é um prodígio que não posso explicar. Não posso explicar porque a sombra naquela chaminé não era a de George Bennett, nem a de alguma outra criatura humana, mas de uma blasfêmia anormalidade dos abismos mais profundos do inferno, uma abominação informe que nenhuma mente poderia apreender por inteiro e nenhuma pena, ainda que canhestramente, poderia descrever. Um instante depois eu estava só, tremendo e balbuciando, naquele solar amaldiçoado. George Bennett e William Tobey não haviam deixado traço, nem mesmo de luta. Nunca mais se soube deles.

II. Um passante na tempestade

Depois daquela pavorosa experiência no solar rodeado pela mata, passei muitos dias prostrado em meu quarto de hotel, em Lefferts Corners. Não lembro exatamente de como consegui chegar ao carro, dar a partida e arrancar sem ser visto para a vila, pois não guardo nenhuma lembrança nítida, salvo a de árvores titânicas de galhos retorcidos, rugidos infernais da trovoada e sombras diabólicas cruzando os montículos que pontilhavam e riscavam a região.

Enquanto tremia e meditava sobre aquela alucinante sombra projetada, tinha a certeza de ter ao menos vislumbrado um dos horrores supremos da Terra — uma daquelas indescritíveis influências malignas dos vazios ulteriores cujas tênues vibrações demoníacas às vezes ouvimos chegando dos cantos mais remotos do espaço e a piedosa finitude de nossa visão nos poupa de ver. A sombra que eu vira, não ouso analisar nem classificar. Alguma coisa postara-se entre mim e a janela naquela noite, mas eu sentia calafrios toda vez que não conseguia livrar-me do instinto de identificá-la. Se ao menos houvesse rosnado, ou latido, ou soltado uma risada sarcástica — isso teria abrandado esse pavor abissal. Mas foi tudo tão silencioso... Ela pousou um braço, ou uma pesada pata dianteira, em meu peito... Era orgânica, certamente, ou havia sido... Jan Martense, cujo quarto eu havia invadido, estava enterrado no cemitério perto do solar... Preciso encontrar Bennett e Tobey, se ainda estiverem vivos... Por que ela os pegou e me deixou por último?... O torpor é tão sufocante, e os sonhos tão horríveis...

Não demorou muito para eu perceber que teria de contar minha história a alguém ou sofreria um colapso. Já me decidira a não abandonar a busca do medo à espreita, pois, em minha temerária ignorância, algo me dizia que a incerteza seria pior do que a compreensão, por mais terrível que essa viesse a se mostrar. Assim, decidi-me sobre o melhor caminho a seguir, para quem restringir minhas confidências e como rastrear a coisa que havia eliminado dois homens e projetado uma sombra de pesadelo.

Meus principais conhecidos em Lefferts Corners haviam sido os afáveis repórteres; muitos tinham ficado por lá para recolher os ecos finais da tragédia. Foi entre eles que resolvi escolher um colega e, quanto mais refletia, mais minhas preferências recaíam em Arthur Munroe, um homem magro e moreno, nos seus trinta e cinco anos, cuja cultura, gostos, inteligência e temperamento pareciam indicar alguém avesso às ideias e experiências convencionais.

Em certa tarde do começo de setembro, Arthur Munroe ouviu a minha história. Percebi, desde o começo, que ele se mostrou bastante interessado e simpático. Quando concluí, analisou e discutiu o assunto com grande perspicácia e discernimento. Seu conselho, ademais, foi eminentemente prático, pois recomendou um adiamento das operações no solar Martense até nos munirmos com dados históricos e geográficos mais detalhados. Por iniciativa dele, vasculhamos a região atrás de informações sobre a terrível família Martense e encontramos um homem que possuía um velho diário muito esclarecedor. Conversamos também demoradamente com os mestiços montanheses que não haviam fugido do terror e da confusão para encostas mais distantes. Dispusemo-nos, para preceder nossa derradeira tarefa — examinar exaustiva e definitivamente o solar à luz de sua história detalhada —, a realizar um exame completo dos locais associados às várias tragédias das lendas dos posseiros.

Os resultados dessa investigação não foram inicialmente esclarecedores, mas nossa tabulação pareceu revelar uma tendência muito significativa: o número de horrores relatados era, de longe, maior em áreas relativamente próximas da casa evitada, ou ligadas a ela por extensões da floresta doentia e hipertrofiada. Havia, é verdade, exceções. Aliás, o horror que chamara a atenção do mundo ocorrera num descampado distante do solar e de suas matas adjacentes.

Quanto à natureza e à aparência do medo à espreita, nada pudemos obter dos assustados e ignorantes moradores dos barracos. De um só fôlego, eles o chamavam de cobra e de gigante, um trovão-diabo e um morcego, um abutre e uma árvore andante. Nós, porém, nos sentíamos autorizados a supor que se tratava de um organismo vivo altamente suscetível a tempestades elétricas e, apesar de alguns relatos sugerirem asas, acreditávamos que a sua aversão a espaços abertos favorecia a teoria de que sua locomoção era por terra. A única coisa de fato incompatível com esta ideia era a rapidez com que a criatura deve ter se deslocado para realizar todas as proezas que lhe foram atribuídas.

Quando ficamos conhecendo melhor os posseiros, achamo-los curiosamente agradáveis sob muitos aspectos. Eram rústicos simples, recuando lentamente na escala evolutiva devido à sua lamentável ascendência e ao seu isolamento embrutecedor. Temiam os forasteiros, mas aos poucos foram acostumando-se a nós e acabaram sendo de grande ajuda quando batemos todas as matas e arrasamos todas as divisórias da casa à procura do medo à espreita. Quando pedimos para nos ajudarem a encontrar Bennett e Tobey, ficaram realmente angustiados, porque queriam nos ajudar, mas sabiam que essas vítimas haviam deixado tão por completo o mundo quanto a sua própria gente que desaparecera. Estávamos plenamente convencidos de que um grande número deles havia sido morto e removido, da mesma forma que os animais selvagens foram há muito exterminados, e esperávamos, apreensivos, a ocorrência de novas tragédias.

Em meados de outubro, nossa falta de progressos nos intrigou. Com a claridade das noites, nenhuma agressão diabólica ocorreu, e a total inutilidade de nossas buscas na casa e na região quase nos levou a considerar o medo à espreita um agente imaterial. Temíamos a chegada do tempo frio interrompendo nossas investigações, pois estávamos todos convencidos de que o demônio geralmente se aquietava no inverno. Assim, havia uma espécie de pressa e ansiedade em nossa última exploração, à luz do dia, no vilarejo assediado pelo medo, agora deserto por causa do pavor dos posseiros.

O malfadado vilarejo não tinha nome, mas era muito antigo, incrustado numa fenda protegida, porém desmatada, entre duas elevações chamadas, respectivamente, Cone Mountain e Maple Hill. Ficava mais perto da Maple Hill que da Cone Mountain; alguns de seus casebres eram, de fato, escavados na encosta do mais antigo desses montes. Geograficamente, ele ficava a cerca de três quilômetros a noroeste da base da Tempest Mountain e a quase cinco quilômetros do solar rodeado de carvalhos. Da distância entre o vilarejo e o solar, três quilômetros e meio ao lado do povoado formavam um espaço inteiramente descoberto, uma planície quase horizontal, exceto por uns outeiros baixos em forma de serpente, com uma vegetação de capim e arbustos esparsos. Considerando essa topografia, concluímos que o monstro deve ter vindo da Cone Mountain, da qual saía um braço arborizado para o sul até uma pequena distância do contraforte mais ocidental da Tempest Mountain. A elevação do terreno, atribuímos conclusivamente a um deslizamento de terra de Maple Hill, em cuja encosta uma árvore solitária, alta e rachada havia sido o ponto de impacto do raio que convocara o demônio.

Quando, pela vigésima vez ou mais, Arthur Munroe e eu esquadrinhávamos com minúcia cada centímetro do vilarejo devastado, tomou-nos um certo desalento mesclado com novos e vagos temores. Era muito estranho, mesmo quando tantas coisas insólitas e assustadoras pareciam comuns, encontrar um cenário tão desprovido de pistas depois de acontecimentos tão espantosos; e andávamos de um lado para outro, debaixo do céu de chumbo que escurecia, com aquele zelo trágico e desorientado resultante da combinação de um sentido de futilidade com a necessidade de ação. Nossos cuidados eram extremos. Cada casebre era revisitado, cada escavação na encosta era pesquisada novamente à procura de corpos, cada passagem espinhosa da encosta adjacente era mais uma vez esquadrinhada atrás de tocas e cavernas, mas foi tudo em vão. Como já comentei, novos e vagos temores, porém, pairavam ameaçadores sobre nós, como se gigantescos grifos com asas de morcego nos espreitassem de abismos siderais, acocorados invisivelmente nos topos das montanhas olhando de soslaio com olhos de Abaddon.[3]

À medida que a tarde avançava, ficava cada vez mais difícil enxergar e podíamos ouvir o rumor da tormenta formando-se sobre a Tempest Mountain. Esse som, num lugar como aquele, decerto nos agitou, embora menos do que teria feito se já houvesse anoitecido. Naquelas circunstâncias, esperávamos que a tempestade fosse durar até muito depois de escurecer, e, com essa expectativa, interrompemos nossas buscas incertas na encosta e nos dirigimos ao vilarejo habitado mais próximo com a intenção de reunir um grupo de posseiros para nos ajudar na investigação.

---

[3] Termo hebraico que significa *destruição* ou *destruidor*, presente na Bíblia em *Apocalipse* 9:11: "Têm eles por rei o anjo do abismo; chama-se em hebraico *Abadon*, e em grego, *Apolion*". (N.T.)

Apesar de tímidos, um grupo dos mais jovens inspirou-se em nossa liderança protetora para prometer alguma ajuda.

Mal nos havíamos afastado, porém, desabou uma chuva tão torrencial e cegante, que encontrarmos algum abrigo tornou-se um imperativo absoluto. A escuridão extrema, quase noturna, do céu nos fazia tropeçar, mas, guiados pelos relâmpagos frequentes e por nosso conhecimento detalhado da vila, logo alcançamos as últimas casinhas do agrupamento, uma combinação heterogênea de troncos e tábuas cuja porta e a única minúscula janela remanescentes davam para a Maple Hill. Trancando a porta às nossas costas contra a fúria do vento e da chuva, encaixamos a tosca vedação, que aprendemos a encontrar em nossas explorações buscas, na janela. Era terrível ficarmos ali, sentados em caixas fraquinhas, naquela escuridão de breu, mas tratamos de fumar nossos cachimbos e, ocasionalmente, acendíamos as lanternas de bolso. De vez em quando, podíamos ver o clarão de um relâmpago por meio das rachaduras da parede. A tarde estava tão escura, que intensificava o brilho de cada clarão.

A vigília na tempestade fez-me recordar, estremecendo, minha noite apavorante na Tempest Mountain. Meu espírito retornou àquela estranha pergunta tão recorrente desde quando o fato medonho acontecera, e mais uma vez cismei sobre as razões pelas quais o monstro, tendo se aproximado dos três vigilantes, seja pela janela, seja pelo interior, havia começado pelos homens das pontas e deixado o do meio por último, quando a titânica bola de fogo o assustou afugentando-o. Por que não havia apanhado suas vítimas na ordem natural, eu em segundo lugar, de qualquer lado que houvesse se aproximado? Com que espécie de tentáculo de longo alcance ele agarrava suas presas? Saberia que eu era o líder e ter-me-ia poupado para um destino pior que o de meus companheiros?

Estava no meio dessas reflexões quando, como que num plano dramático para intensificá-las, caiu nas proximidades um raio terrível acompanhado de um ruído de terra deslizando, enquanto o feroz ulular do vento ascendia a alturas infernais. Estava claro que a árvore solitária da Maple Hill havia sido novamente atingida, e Munroe levantou-se de sua caixa e foi até a pequena janela para verificar o estrago. Quando tirou a vedação, o vento e a chuva entraram uivando de maneira ensurdecedora, impedindo-me de ouvir o que ele dizia, mas esperei enquanto ele curvava-se para fora e tentava sondar o pandemônio da natureza.

O abrandamento gradual do vento e a dispersão da insólita escuridão nos indicou que a tempestade estava passando. Eu esperava que ela fosse durar até a noite para ajudar em nossa busca, mas um furtivo raio de sol passando por um buraco do nó na madeira às minhas costas excluiu essa possibilidade. Sugerindo a Munroe que era melhor conseguirmos um pouco de luz antes de cair uma nova chuvarada, destranquei e abri a grotesca porta. O chão do lado de fora era uma massa singular de lama e poças d'água, com novos montículos formados pelo leve deslizamento de terra, mas nada vi que justificasse o interesse que mantinha meu companheiro curvado, em silêncio, para fora da janela. Cruzando até onde ele estava, toquei em seu ombro, mas ele não se mexeu. Então, quando brincando eu o sacudi e o virei, senti as gavinhas sufocantes de um horror canceroso cujas raízes se estendiam a passados infinitos e abismos imensuráveis das trevas que descendem além dos tempos.

Pois Arthur Munroe estava morto. E, no que restara de sua cabeça mastigada e sem olhos, já não havia um rosto.

III. *O que significava o clarão vermelho*

Na noite tempestuosa de 8 de novembro de 1821, com uma lanterna projetando sombras espectrais, ali estava eu cavando, solitário e embrutecido, a sepultura de Jan Martense. Começara a cavar à tarde, por causa de uma tempestade que estava se formando, e, agora que escurecera e o aguaceiro desabara sobre a folhagem densa, eu estava contente.

Creio que minha mente ficou um tanto perturbada pelos fatos desde 5 de agosto: a sombra diabólica no solar, a tensão geral e o desapontamento, e o que ocorrera na vila durante um vendaval em outubro. Depois disso, eu havia ainda cavado uma sepultura para alguém cuja morte eu não pudera compreender. Sabia que outros também não poderiam, por isso os deixei pensar que Arthur Munroe havia se perdido. Eles o procuraram sem nada encontrar. Os posseiros poderiam ter compreendido, mas não ousei apavorá-los ainda mais. Eu próprio me sentia curiosamente insensível. Aquele choque no solar havia produzido alguma coisa em meu cérebro, e eu só conseguia pensar em procurar um horror que agora havia adquirido uma estatura cataclísmica em minha imaginação; uma busca que o fim de Arthur Munroe me fizera jurar que a manteria secreta e solitária.

O cenário de minhas escavações apenas teria bastado para acovardar qualquer pessoa comum. Árvores primitivas, apavorantes por seus descomunais tamanhos, idades e aspectos grotescos me espreitavam, como pilares de algum diabólico tempo druídico, abafando a tempestade, aplacando o vento cortante e deixando passar um pouco de chuva. Além dos troncos lacerados no fundo, iluminados pelos fracos lampejos dos relâmpagos que se infiltravam, erguiam-se as pedras úmidas cobertas de hera do solar deserto, enquanto, um pouco mais perto, estava o abandonado jardim holandês cujos passeios e canteiros se encontravam infestados por uma vegetação hipertrofiada, fétida, fúngica e esbranquiçada que jamais vira a luz plena do sol. E, mais perto ainda, havia o cemitério, onde as árvores deformadas projetavam galhos insanos como se suas raízes deslocassem as lajes profanas e sugassem o veneno do que jazia abaixo. Aqui e ali, por baixo da mortalha de folhas pardas que apodreciam e se putrefaziam na escuridão da mata antediluviana, eu podia divisar os contornos sinistros de alguns daqueles outeiros baixos que caracterizavam a região trespassada pelos raios.

A história me conduziu a essa sepultura arcaica. A história, de fato, era tudo que me restava depois de tudo terminar em zombeteiro satanismo. Eu agora acreditava que o medo à espreita não era um ser material, mas um fantasma com presas lupinas que cavalgava o relâmpago no meio da noite. E acreditava, em virtude de todo o folclore local que havia desenterrado na busca junto com Arthur Munroe, que era o fantasma de Jan Martense, morto em 1762. Este era o motivo para estar cavando estupidamente em seu túmulo.

O solar Martense fora erguido em 1670 por Gerrit Martense, um abastado mercador de Nova Amsterdã que não gostou da mudança do poder para o domínio britânico e construíra aquele faustoso domicílio num cume arborizado e remoto cuja intocada solidão e insólita paisagem o agradaram. O único contratempo substancial do lugar eram as violentas tempestades de verão. Ao escolher a colina e construir o seu solar, Mynheer Martense havia atribuído essas frequentes irrupções naturais a alguma peculiaridade do ano, mas, com o tempo, ele percebeu que o local era especialmente propenso a tais fenômenos. Por fim, considerando que as tempestades eram uma ameaça à sua própria vida, adaptou um porão onde poderia proteger-se de suas ocorrências mais violentas.

Sabe-se ainda menos dos descendentes de Gerrit Martense do que dele próprio, pois todos foram criados no ódio à civilização inglesa e educados para evitar os colonos que a aceitavam. Tinham uma vida muito reclusa e as pessoas diziam que, por causa desse isolamento, eles se tornaram pessoas de poucas palavras e de difícil compreensão. Ao que parece, todos eram portadores de uma peculiar dessemelhança hereditária dos olhos, tendo, em geral, um olho azul e outro castanho. Seus contatos sociais foram ficando cada vez mais raros até que eles finalmente deram a se casar com a numerosa classe servil que havia na propriedade. Muitos degenerados da populosa família cruzaram o vale e mesclaram-se com a população mestiça que mais tarde viria a gerar os desgraçados posseiros. O resto havia se aferrado com teimosia ao solar ancestral, encerrando-se cada vez mais no clã e desenvolvendo uma reação neurótica às frequentes tempestades e trovoadas.

A maior parte dessas informações veio ao mundo por meio do jovem Jan Martense, que, movido por algum tipo de inquietação, se alistou no exército colonial quando as notícias sobre a Convenção de Albany chegaram à Tempest Mountain. Ele foi o primeiro dos descendentes de Gerrit a ver alguma coisa do mundo externo e, quando voltou, em 1760, depois de seis anos de campanhas militares, foi odiado como a um intruso por seu pai, seus tios e seus irmãos, apesar de ter os olhos desiguais dos Martense. Ele já não poderia compartilhar as peculiaridades e preconceitos dos Martense, e as próprias tempestades da montanha não conseguiam inebriá-lo como antes. Seu ambiente, agora, o deprimia, e ele chegou a escrever muitas vezes a um amigo de Albany sobre seus planos para deixar o abrigo paterno.

Na primavera de 1763, Jonathan Gifford, o amigo de Albany de Jan Martense, ficou preocupado com o silêncio de seu correspondente, especialmente por causa das condições e disputas no solar Martense. Decidido a visitar Jan em pessoa, partiu a cavalo para as montanhas. Seu diário afirma que ele chegou à Tempest Mountain em 20 de setembro, encontrando o solar em avançado estado de decrepitude. Os soturnos Martense, cuja aparência de animal sujo o deixou chocado, disseram-lhe em sons guturais entrecortados que Jan havia morrido. Insistiram que ele fora atingido por um raio no outono anterior, e agora estava enterrado atrás dos maltratados jardins. Mostraram a sepultura árida e sem lápide ao visitante. Alguma coisa nos modos dos Martense produziu um sentimento de repulsa e suspeita em Gifford, e uma semana mais tarde ele voltou com uma pá e um enxadão para investigar aquele lugar sepulcral. Encontrou o que já esperava: um crânio cruelmente esmagado por golpes selvagens; e, retornando a Albany, acusou abertamente os Martense do assassinato de seu parente.

Faltaram evidências legais, mas a história se alastrou rapidamente por toda a região, e, daquela época em diante, os Martense foram colocados em ostracismo por todo mundo. Ninguém queria negociar com eles, e sua propriedade distante era evitada como um lugar maldito. De alguma forma, eles conseguiram seguir vivendo autonomamente com os produtos de sua propriedade, pois as luzes ocasionais que brilhavam nas colinas distantes atestavam a persistência de sua presença. Essas luzes foram vistas até 1810, mas, já perto dessa época, haviam se tornado muito inconstantes.

Nesse ínterim, formou-se uma mitologia diabólica sobre o solar e a montanha. O lugar era evitado com redobrada atenção e envolvido de toda sorte de segredos míticos que a tradição poderia fornecer. Ficou sem ser visitado até 1816, quando a persistente ausência das luzes foi notada pelos posseiros. Nessa ocasião, um grupo fez investigações, encontrando a casa deserta e quase em ruínas.

Não encontraram esqueletos por lá, daí terem inferido que se tratava de partida, e não de morte. O clã parecia ter ido embora havia muitos anos, e as puxadas improvisadas indicavam o tanto que se haviam multiplicado antes da migração. Seu nível cultural descera muito, como ficava claro pelos móveis decadentes e a prataria espalhada que deviam ter sido abandonados havia tempos antes mesmo de os donos partirem. Mas, embora os temidos Martense houvessem partido, o medo da casa assombrada persistiu e ficou ainda mais forte quando novas e estranhas histórias começaram a correr entre os montanheses.

Lá estava ela, deserta, temida e associada ao fantasma vingador de Jan Martense. Lá estava ela ainda na noite em que escavei o túmulo de Jan Martense.

Descrevi minha demorada escavação como estúpida, e assim ela era, de fato, tanto no método como nos objetivos. O esquife de Jan Martense foi logo desenterrado — continha agora apenas pó e salitre —, mas, em minha gana para exumar seu fantasma, cavei irracional e desordenadamente embaixo de onde ele fora depositado. Deus sabe o que eu esperava encontrar — sentia apenas que estava escavando a sepultura de um homem cujo fantasma deambulava à noite.

É impossível dizer que profundidade monstruosa eu havia alcançado quando minha pá, e logo depois meus pés, desmoronaram solo abaixo. O fato, naquelas circunstâncias, era fantástico, pois a existência ali de um espaço subterrâneo vinha confirmar, de maneira terrível, minhas loucas teorias. Na pequena queda, meu lampião apagou-se, mas tirei uma lanterna elétrica do bolso e avistei o estreito túnel horizontal que se afastava indefinidamente em ambas as direções. Era largo o bastante para um homem esgueirar-se por ele, e, embora nenhuma pessoa sã teria tentado fazê-lo naquele momento, eu me esqueci do perigo, da razão e da limpeza em minha ânsia obstinada de desvendar o medo à espreita. Escolhendo a direção da casa, arrastei-me com ousadia por aquela cova estreita, contorcendo-me em frente às cegas e rapidamente e só ocasionalmente acendendo a lanterna que conservava estendida diante de mim.

Que linguagem poderá descrever o espetáculo de um homem perdido na terra abismal, tateando, contorcendo-se, revirando-se, espremendo-se, arrastando-se como um louco por túneis sinuosos escavados numa escuridão imemorial sem qualquer noção de tempo, segurança, direção ou objetivo definido? Havia algo de hediondo naquilo, mas foi o que fiz. E o fiz por tanto tempo, que a vida desfez-se em remota memória, igualando-me às toupeiras e vermes das profundezas espectrais. Na verdade, foi por acidente apenas que, depois de curvas intermináveis, balancei minha esquecida lanterna elétrica, fazendo-a reluzir fantasticamente nas paredes de barro endurecido da toca que se estendiam até uma curva à frente.

Eu vinha arrastando-me desse jeito havia algum tempo, de forma que minha bateria estava quase sem carga quando a passagem inclinou-se abruptamente para cima, alterando o meu ritmo avanço. E, quando ergui os olhos, não estava preparado para o que vi cintilando a distância: pela luz bruxuleante de minha lanterna, dois reflexos diabólicos, dois reflexos brilhando com um fulgor maligno e inconfundível, provocando alucinadamente recordações nebulosas. Parei automaticamente, embora tivesse perdido a cabeça para retroceder. Os olhos aproximaram-se, da coisa que lhes acompanhava, porém, só pude distinguir a garra. Mas que garra! Em seguida, ouvi, muito ao longe, lá no alto, um leve estrondo que reconheci. Era a trovoada selvagem da montanha, elevada a um furor histérico — eu devia estar arrastando-me para cima já havia algum tempo de modo que a superfície estava agora muito perto. E quando o trovão abafado retumbou, aqueles olhos ainda me fitavam com uma vaga malignidade.

Graças a Deus, eu não sabia então do que se tratava, pois poderia ter morrido. Mas fui salvo pelo próprio trovão que a havia conclamado, pois, depois de uma pavorosa espera, explodiu do céu exterior invisível um daqueles frequentes raios do lado da montanha cujos rescaldos eu havia notado, aqui e ali, tais como rasgos de terra revolvida e fulguritos dos mais variados tamanhos. Com um furor ciclópico, ele rasgou o chão acima daquela cova abjeta, cegando e ensurdecendo-me, mas sem me reduzir completamente à inconsciência.

Agarrei-me, espojei-me no caos da terra revolvida pelo deslizamento até a chuva começar a cair sobre minha cabeça e me recompor; então, pude notar que alcançara a superfície num ponto conhecido: um lugar íngreme, desmatado, na encosta sudoeste da montanha. Uma sucessão de relâmpagos iluminou o solo revirado e os restos do curioso outeiro baixo que se estendia da encosta superior arborizada, mas não havia nada naquele caos que assinalasse o local de meu egresso da catacumba letal. Meu cérebro estava em estado tão caótico como a terra e, quando um distante clarão vermelho eclodiu no horizonte meridional, eu mal percebi o horror pelo qual havia passado.

Dois dias depois, porém, quando os posseiros explicaram-me o significado do clarão vermelho, senti um horror ainda maior do que haviam me causado a cova de lama, a garra e os olhos; um horror maior por suas estarrecedoras implicações. Num vilarejo a pouco mais de trinta e dois quilômetros de distância, uma orgia de medo sucedera ao raio que me trouxera à superfície, e uma coisa indescritível havia saltado de uma árvore para dentro de uma cabana de telhado frágil. Ela havia feito algo, mas os posseiros tinham ateado fogo à cabana antes que pudesse escapar; e realizava isso no exato momento em que a terra desmoronara sobre a coisa com olhos e garra.

IV. O horror nos olhos

Não pode ser normal a mente de alguém que, sabendo o que eu sabia dos horrores da Tempest Mountain, saísse sozinho em busca do medo que estava à espreita naquele lugar. O fato de que pelo menos duas das encarnações do medo estavam destruídas não passava de uma frágil garantia de segurança física e mental neste Aqueronte[4] de diabolismo multiforme, mas prossegui em minha busca com zelo ainda maior à medida que os fatos e as revelações se tornavam mais monstruosos.

Quando fiquei sabendo, dois dias depois de meu terrível rastejar pela cripta daqueles olhos e garra, que uma criatura maligna

[4] Rio da mitologia greco-romana, conhecido como "rio do infortúnio" ou "do inferno". (N.T.)

havia aparecido a trinta e poucos quilômetros de distância no mesmo instante em que os olhos me fitavam, experimentei verdadeiras convulsões de pavor. Mas um pavor tão misturado a uma admiração e excitação grotesca, que a sensação era quase agradável. Às vezes, na agonia de um pesadelo, quando potências invisíveis nos fazem rodopiar sobre os telhados de curiosas cidades mortas rumo ao abismo sorridente de Nis, é um alívio, até mesmo uma delícia, gritar freneticamente e atirar-se junto com o medonho vórtice da sina onírica em qualquer abismo sem fundo e escancarado que possa existir. E assim foi com o pesadelo ambulante de Tempest Mountain. A descoberta de que dois monstros haviam assombrado o lugar causou-me um desejo insano de mergulhar na própria terra da região maldita e desenterrar, com as mãos nuas, a morte que espreitava a cada centímetro do solo venenoso.

Tão logo me foi possível, visitei o túmulo de Jan Martense e cavei inutilmente onde já havia escavado antes. Um extenso desmoronamento apagara qualquer traço da passagem subterrânea, enquanto a chuva varrera tanta terra para dentro da escavação, que eu não poderia dizer até que profundidade havia cavado no outro dia. Também fiz uma árdua viagem até o vilarejo distante onde a criatura letal havia sido queimada, mas não tive grandes retornos. Entre as cinzas da fatídica cabana, encontrei vários ossos, mas, aparentemente, nenhum que fosse do monstro. Os posseiros disseram que a coisa fizera apenas uma vítima, mas nisso os julguei imprecisos, pois, além do crânio completo de um ser humano, havia um outro fragmento de osso que parecia ter pertencido algum dia a um crânio humano. Embora houvessem visto a rápida queda do monstro, ninguém poderia dizer qual era a aparência exata da criatura. Os que a tinham vislumbrado, chamaram-na simplesmente de um demônio. Examinando a grande árvore em que ela estivera de tocaia, não pude discernir alguma marca especial. Tentei encontrar uma trilha na floresta escura, mas, nessa ocasião, não consegui suportar a visão daqueles troncos grossos e doentios ou daquelas enormes raízes serpeantes que se retorciam de maneira tão maligna antes de mergulharem no solo.

Meu passo seguinte foi vasculhar com atenção microscópica o vilarejo deserto onde a morte comparecera com maior frequência e onde Arthur Munroe tinha visto algo que não vivera para descrever. Apesar de as minhas vãs buscas anteriores terem sido realizadas com muito esmero, agora eu tinha novos dados para testar, pois meu horrível rastejar sepulcral me convencera de que ao menos um dos estágios da monstruosidade havia sido uma criatura subterrânea. Dessa vez, a 14 de novembro, minha busca concentrou-se nas encostas da Cone Mountain e da Maple Hill com vistas para o infausto vilarejo, e dei uma atenção toda especial à terra solta pelo deslizamento na região desta última elevação.

A tarde de minha busca não revelou nada, e o crepúsculo chegou quando eu estava na Maple Hill olhando para baixo, para o vilarejo, e por sobre todo o vale até Tempest Mountain. O pôr do sol fora estupendo e agora a lua surgira quase cheia, inundando de prata a planície, a encosta distante e os curiosos outeiros baixos que se erguiam aqui e ali. Era um cenário tranquilo, arcádico, bucólico, mas, sabendo o que ele ocultava, eu o detestava. Detestava a lua zombeteira, a planície hipócrita, a montanha festiva e aqueles outeiros sinistros. Tudo me parecia maculado por um contágio abjeto e inspirado por uma associação espúria que encobria potências ocultas.

Então, enquanto olhava absorto para a paisagem enluarada, meu olhar foi atraído por alguma coisa singular na natureza e na disposição de alguns elementos topográficos. Sem ter qualquer conhecimento preciso de geologia, desde o início eu me havia interessado pelos curiosos montes e outeiros da região. Havia notado que eles estavam distribuídos por toda a Tempest Mountain, embora fossem menos numerosos na planície do que perto do próprio cume da montanha, onde a glaciação pré-histórica certamente havia encontrado menor oposição para suas caprichosas e fantásticas investidas. Agora, à luz daquela lua baixa, que projetava sombras longas, misteriosas, ocorreu-me que os diversos pontos e linhas do sistema de montes tinham uma relação peculiar com o cume da Tempest Mountain. Aquela cimeira era com certeza o centro de onde irradiavam, indefinida e irregularmente, as linhas ou fileiras de pontos, como se o pernicioso solar Martense lançasse tentáculos visíveis de terro. A ideia da existência desses tentáculos provocou-me um calafrio inexplicável, e eu parei para analisar meus motivos nos quais acreditar que aqueles outeiros eram um fenômeno glacial.

Quanto mais eu analisava, menos acreditava, e, em minha mente recém-desperta, começaram a martelar analogias grotescas, horríveis, relacionadas a certos aspectos superficiais da minha experiência subterrânea. Antes que desse por isso, estava balbuciando palavras desconexas: "Meu Deus!... montículos de toupeiras... o maldito lugar deve estar coalhado... quantos... aquela noite no solar... elas pegaram Bennett e Tobey primeiro... um de cada lado..." Logo depois eu estava cavando freneticamente no montículo mais próximo, cavando com desespero, tremendo, mas quase em júbilo, até que enfim soltei um grito com uma espécie de emoção sem sentido quando dei com um túnel, ou toca, como aquele onde havia rastejado naquela noite infernal.

Depois disso, lembro-me de ter corrido com a pá na mão; uma disparada medonha pelas campinas enluaradas eriçadas de pequenos morros e pelos precipícios doentios da assombrada floresta da encosta, saltando, gritando, ofegando, rumando para o terrível solar Martense. Lembro-me de ter cavado irracionalmente em todas as partes do porão atulhado de urzes asfixiantes; cavado para encontrar o cerne e o centro daquele universo maligno de montes. E, depois, lembro-me de como ri ao dar com a passagem, a abertura na base da velha chaminé, onde o mato espesso crescia projetando sombras singulares à luz da única vela que trazia comigo. O que ainda restava abaixo daquela colmeia infernal, emboscado e à espera de ser convocado pelo trovão, eu não sabia. Dois haviam sido mortos; talvez aquilo houvesse acabado com eles. Mas havia ainda aquela vontade ardente de atingir o âmago do segredo do medo, que, mais uma vez, eu viera a considerar definido, material e orgânico.

Minhas indecisas especulações sobre se deveria sozinho e imediatamente com minha pequena lanterna explorar a passagem ou tentar reunir um grupo de colonos para a busca foram interrompidas alguns instantes depois por uma súbita rajada de vento, vinda de fora, que apagou a vela, deixando-me na mais absoluta escuridão. A lua já não brilhava através das frinchas e aberturas acima de mim e, com uma sensação de fatídico alarme, eu ouvi o sinistro e agourento rumor da tempestade aproximando-se. Uma confusa associação de ideias apossou-se de meu cérebro, levando-me a caminhar às apalpadelas até o canto mais distante do porão. Meus olhos, porém, não se desviaram em nenhum momento da horrível abertura na base da chaminé, e pude vislumbrar os tijolos derrubados e as doentias ervas daninhas quando o brilho tênue dos relâmpagos penetrou a mata externa e iluminou as frinchas no alto da parede. A cada segundo, uma mistura de medo e curiosidade me consumia. O que a tempestade chamaria — teria sobrado alguma coisa a ser chamada? Guiado por um relâmpago, acomodei-me atrás de uma densa moita de arbustos que me permitia observar a abertura sem ser visto.

Se os céus tiverem piedade, algum dia apagará de minha consciência a visão que eu tive para deixar-me viver em paz os anos que me restam. Não consigo dormir à noite e preciso tomar soníferos quando troveja. A coisa aconteceu abruptamente, sem aviso: o infernal, como uma correria de ratos de abismos remotos e impensáveis, o arquejar demoníaco e os grunhidos abafados e, então, daquela abertura embaixo da chaminé, a monumental irrupção de vida morfética — uma abjeta maré de corrupção orgânica, ova da noite, mais devastadoramente medonha que a mais negra das conjurações de loucura e morbidez mortais. Espumando, fervendo, borbulhando como gosma das serpentes, ela arrastou-se para fora daquela abertura escancarada, espalhando-se como infecção purulenta e escoando do porão por todos os pontos de saída — escorrendo para se espalhar pela mata amaldiçoada no meio da noite, disseminando o medo, a loucura e a morte.

Deus sabe quantos eram — deviam ser milhares. Era estarrecedor ver aquela torrente deles sob os clarões intermitentes dos relâmpagos. Quando seu número se reduziu o suficiente para serem vistos como organismos separados, percebi que eram pequenos, demônios, ou macacos, peludos e deformados — caricaturas monstruosas e diabólicas dos símios. Eram tão terrivelmente silenciosos, que mal deu pra ouvir um guincho quando um dos últimos desgarrados virou-se com a habilidade de longa prática para se servir, como eram acostumados, de um companheiro mais fraco. Outros agarraram o que sobrou e comeram com avidez, babando de satisfação. Então, apesar do susto e da repugnância, minha curiosidade mórbida triunfou, e, quando a última das monstruosidades esgueirou-se sozinha daquele misterioso mundo inferior de pesadelo, saquei minha automática e disparei nela encoberto pelo trovão.

Sombras uivantes, deslizantes, torrenciais daquela gosmenta insânia vermelha caçando-se mutuamente por intermináveis passagens ensanguentadas de fulgurante céu purpúreo...; fantasmas informes e mutações caleidoscópicas de uma macabra e rememorada cena; florestas de carvalhos monstruosos hipertrofiados com raízes serpeantes retorcendo-se e sugando os humores orgânicos inomináveis de uma terra verminosa povoada por milhões de monstros canibais; tentáculos em forma de montículos de terra tateando de subterrâneos núcleos de perversão poliposa...; raios enfurecidos sobre paredes cobertas de heras malignas e arcadas demoníacas asfixiadas pela vegetação bolorenta... Deus seja louvado pelo instinto que me levou inconsciente a lugares habitados por gente, ao pacífico vilarejo adormecido sob as plácidas estrelas do céu cristalino.

Em uma semana me recompus o suficiente para enviar um grupo de homens de Albany para explodir com dinamite o solar Martense e todo o cume da Tempest Mountain, obstruir todas as covas-montículos que encontrasse e destruir certas árvores hipertrofiadas cuja existência parecia um insulto à sanidade mental. Consegui dormir um pouco depois de terem feito isso, mas jamais terei o verdadeiro repouso enquanto recordar aquele inominável segredo do medo à espreita. A coisa irá perseguir-me, pois quem poderá saber se o extermínio foi completo e se fenômenos análogos não poderão existir no mundo todo? Sabendo tudo que eu sei, quem poderia pensar nas cavernas ocultas da Terra sem um pavor infernal de futuras possibilidades? Não posso ver um poço ou uma entrada do trem metropolitano sem estremecer... Por que os médicos não me dão algo para me fazer dormir ou tranquilizar de fato meu cérebro quando troveja?

O que eu vi sob o facho da lanterna depois de atirar naquela retardatária coisa indescritível foi tão simples que quase um minuto se passou até eu compreender e ficar fora de mim. A coisa era nauseante, um imundo gorila esbranquiçado com agudas presas amareladas e pelagem emaranhada. Era o produto final da degeneração mamífera, o pavoroso resultado da isolada proliferação, multiplicação e alimentação canibalesca acima e abaixo da superfície do solo; a encarnação de todo o rosnento, caótico e sorridente medo que espreita por trás da vida. Ele olhou para mim enquanto morria, e seus olhos tinham o mesmo aspecto estranho que marcava aqueles outros olhos que me haviam fitado no subterrâneo e instigado nebulosas recordações. Um olho era azul, o outro castanho. Eram os olhos desiguais dos Martense de que falam as velhas lendas, e eu sabia que aquela família desaparecera num torrencial cataclismo de horror indizível; a terrível e insano-trovejante casa dos Martense.

(1922)

dagon

    Escrevo isto debaixo de uma tensão mental considerável, já que nesta noite poderei não estar mais vivo. Sem um centavo e no final de meu suprimento da droga que, apenas ela, consegue tornar minha vida tolerável, já não consigo suportar a tortura e irei atirar-me da janela deste sótão na rua esquálida abaixo. Não pensem que minha dependência de morfina tenha me tornado um fraco ou degenerado. Quando houverem lido estas páginas rabiscadas às pressas, poderão imaginar, mesmo sem nunca entender plenamente, por que preciso do olvido ou da morte.

    Foi num dos trechos mais abertos e pouco frequentados do vasto Pacífico que o paquete onde eu era comissário de bordo foi capturado pelo vaso de guerra alemão. A grande guerra estava, então, em seu início, e as forças marítimas do bárbaro ainda não haviam mergulhado por completo em sua posterior degradação. Sendo assim, nossa embarcação foi tomada como legítima presa, enquanto nós, membros de sua tripulação, fomos tratados com toda a equidade e consideração que nos eram devidas como prisioneiros navais. Era tão liberal, de fato, a disciplina de nossos captores, que cinco dias depois de nos tomarem, consegui escapar, sozinho, num pequeno barco equipado com água e provisões para muito tempo.

    Quando enfim me vi livre e à deriva, não tinha muita noção de minha localização. Como nunca havia sido um navegador experiente, eu só podia imaginar vagamente, pelo sol e pelas estrelas, que estava um pouco ao sul do Equador. Da latitude, eu nada sabia, e não havia ilha nem linha costeira à vista. O tempo manteve-se firme e durante incontáveis dias vaguei sem destino debaixo de um sol escaldante, esperando a passagem de algum navio ou ser atirado às praias de alguma terra habitável. Mas não surgiu navio nem terra e comecei a me desesperar em minha solidão sobre a ondulante vastidão de interminável azul.

A mudança aconteceu enquanto eu dormia. Seus detalhes, jamais saberei, pois, embora agitado e povoado de sonhos, tive um sono contínuo. Quando afinal despertei, descobri-me meio tragado por extensão de um infernal lodo viscoso negro que se estendia à minha volta em monótonas ondulações até onde minha vista alcançava e onde, a certa distância, estava enterrado meu barco.

Embora se possa perfeitamente imaginar que minha primeira sensação seria de espanto com uma transformação tão prodigiosa e inesperada de cenário, fiquei, na verdade, mais horrorizado do que espantado, pois havia no ar e no solo putrefato um aspecto sinistro que me arrepiou até o âmago de meu ser. A região toda fedia com as carcaças de peixes apodrecidos e outras coisas menos descritíveis que vi saindo da lama abjeta da interminável planície. Talvez eu não devesse esperar transmitir em meras palavras a indizível repugnância que pode existir num silêncio absoluto e numa imensidão estéril. Não havia nada ao alcance do ouvido e da visão, salvo uma vasta extensão de lodo preto, mas ainda assim o caráter absoluto do silêncio e a homogeneidade da paisagem me oprimiram com um medo nauseante.

O sol ardia no alto de um céu sem nuvens que me parecia quase negro em sua impiedade, como se refletisse o pântano escuro sob os meus pés. Arrastando-me para dentro do barco encalhado, percebi que apenas uma teoria poderia explicar minha situação: por algum tipo de erupção vulcânica sem precedentes, parte do leito do oceano deve ter sido impelida para a superfície, expondo regiões que por incontáveis milhões de anos ficaram submersas sob profundezas aquáticas insondáveis. Era tão grande a extensão da nova terra que se elevara por baixo de mim, que não consegui captar o mais tênue ruído do oceano, por mais que forçasse os ouvidos. Também não havia qualquer ave marinha para pilhar as coisas mortas.

Durante muitas horas, fiquei sentado, pensando e ruminando, no barco que estava caído de lado e produzia um pouco de sombra à medida que o sol seguia seu curso no céu. Com o avanço do dia, o chão foi ficando menos pegajoso, indicando que ficaria seco o bastante para permitir que se andasse sobre ele dentro de pouco tempo. Dormi muito pouco naquela noite e, no dia seguinte, preparei um farnel com água e comida para uma excursão terrestre em busca do mar desaparecido e de um possível resgate.

Na terceira manhã, verifiquei que o solo já estava bem seco permitindo que se caminhasse sem problemas sobre ele. O cheiro de peixe era enlouquecedor, mas eu estava concentrado demais em coisas mais sérias para me importar com desgraça tão pequena, e parti ousadamente para um destino incerto. Caminhei a duras penas durante o dia todo na direção oeste, guiado por um outeiro distante que se destacava em altura dos outros que existiam no deserto acidentado. Acampei naquela noite, e, no dia seguinte, segui avançando para o outeiro, embora aquele objeto parecesse estar pouca coisa mais perto do que da primeira vez que o vira. Na quarta noite, atingi a base do monte, que se mostrou muito mais alto do que parecera a distância. Um vale interposto destacava seu perfil da superfície geral. Exausto demais para subir, dormi à sombra da colina.

Não entendo por que meus sonhos foram tão agitados naquela noite, mas, antes da curva fantasticamente acentuada da lua minguante ter se erguido muito acima do lado oriental da planície, acordei suando frio, decidido a não me deixar adormecer de novo. As visões como as que havia tido eram demais para suportá-las de novo. E sob o brilho do luar, percebi como foram insensatas as minhas caminhadas diurnas. Sem o ardor do sol escaldante, minha jornada ter-me-ia custado menos energia. Agora, enfim, eu me sentia perfeitamente capaz de realizar a escalada que me desafiara ao entardecer. Apanhei então o farnel e encaminhei-me para a crista da elevação.

Já disse antes que a monotonia constante da planície ondulada era-me uma fonte de impreciso horror, mas creio que meu horror ficou maior quando alcancei o cume do monte e olhei para o outro lado, para um imenso vale ou canyon cujos recônditos negros a lua ainda não havia se erguido o suficiente para iluminar. Senti-me no limiar do mundo, olhando, por sobre a borda, para um caos insondável de escuridão perpétua. Em meio a meu terror, perpassaram curiosas reminiscências do *Paraíso Perdido*[1] e da tenebrosa ascensão de Satã pelos reinos informes das trevas.

À medida que a lua foi subindo no céu, pude notar que as encostas do vale não eram tão perpendiculares quanto eu imaginara. Saliências e afloramentos de rocha forneciam apoios perfeitos para uma descida, além de que, depois de uma queda de algumas poucas centenas de metros abaixo, o declive tornava-se bastante gradual. Impelido por um impulso que não consigo precisar, fui descendo com dificuldade pelas rochas até parar na encosta menos íngreme abaixo, de onde fitei as profundezas estígias em que nenhuma luz jamais penetrara.

De repente, minha atenção foi atraída por um objeto enorme e singular na vertente oposta erguendo-se abruptamente a cerca de cem metros à minha frente; um objeto de brilho esbranquiçado sob os raios da lua crescente. De início, logo me assegurei que se tratava de uma simples rocha gigantesca, mas estava consciente de uma nítida impressão de que o seu contorno e sua posição não eram obra puramente da natureza. Um exame mais de perto me encheu de sensações que não consigo exprimir, pois, apesar

---

[1] Famoso poema do inglês John Milton (1608-1674). (N.T.)

de seu tamanho imenso e sua localização num abismo que ficara escondido no fundo do mar desde a juventude do mundo jovial, percebi que, sem dúvida, o estranho objeto era um monólito bem moldado cujo vulto maciço havia conhecido o trabalho de mãos humanas e, talvez, a adoração de criaturas vivas e pensantes.

Pasmo e assustado, mas não sem um certo frêmito de prazer de cientista ou de arqueólogo, examinei com maior atenção o meu entorno. A lua, agora perto do zênite, brilhava intensa e misteriosamente sobre as falésias imponentes que ladeavam o abismo, revelando um extenso curso d'água que corria sinuoso em seu fundo até se perder de vista, em ambas as direções, e quase lambendo meus pés enquanto eu estava ali, parado, na encosta. Do outro lado do vale, as leves ondulações da água roçavam a base do ciclópeo monólito, sobre cuja superfície eu podia agora distinguir inscrições e entalhes toscos. A escrita estava em um sistema de hieróglifos que eu não conhecia e que era diferente de tudo que eu já vira em livros, consistindo, em sua maior parte, de símbolos aquáticos estilizados, como peixes, enguias, polvos, crustáceos, moluscos, baleias, coisas assim. Era patente que diversos caracteres representavam coisas marinhas desconhecidas do mundo moderno, mas cujas formas, em decomposição, eu havia observado na planície erguida do oceano.

Foram os entalhes decorativos, porém, que mais me extasiaram. Havia um arranjo de baixos-relevos, bem visível acima da água interposta por conta de seu enorme tamanho, cuja temática teria provocado a inveja de Doré.[2] Imagino que aquelas coisas deviam supostamente representar homens — ao menos um certo tipo de homens, embora as criaturas fossem mostradas divertindo-se como peixes nas águas de alguma gruta marinha ou venerando algum santuário em forma de monólito que também parecia estar sob as ondas. De seus rostos e formas,

---

[2] Gustave Doré (1832-1883), pintor francês que ilustrou, entre outras obras, o poema *Paraíso Perdido*, de John Milton. (N.T.)

não ouso falar com detalhes; sua mera lembrança me deixa aturdido. De um grotesco além da imaginação de um Poe ou de um Bulwer,[3] tinham um perfil infernalmente humano apesar das mãos e pés palmados, dos lábios chocantemente largos e flácidos, dos olhos saltados e vítreos, e outras feições ainda menos agradáveis de se lembrar. O curioso é que eles pareciam ter sido cinzelados muito fora de proporção em relação ao cenário de fundo, pois uma das criaturas foi representada no ato de matar uma baleia desenhada num tamanho um pouco maior do que o dela própria. Observei, como disse, o seu grotesco e estranho tamanho, mas naquele momento decidi que eram apenas os deuses imaginários de alguma tribo primitiva, navegante e pescadora; alguma tribo cujos derradeiros descendentes teriam perecido muitas eras antes do primeiro ancestral do Homem de Piltdown ou de Neandertal haver nascido. Extasiado diante daquele inesperado vislumbre de um passado além da imaginação do mais ousado antropólogo, fiquei ali cismando enquanto a lua provocava curiosos reflexos no plácido canal à minha frente.

Então, de repente, eu a vi. Com uma leve agitação para indicar sua subida à superfície, a coisa emergiu à vista sobre as águas escuras. Enorme, assim como Polifemo, repugnante, ela disparou como um monstro fabuloso de um pesadelo para o monólito, ao redor do qual arrojou seus gigantescos braços escamosos enquanto inclinava a cabeça horripilante, produzindo sons ritmados. Pensei ter enlouquecido, então.

De minha subida frenética da encosta e do penhasco, de minha delirante jornada de volta para o barco encalhado, pouco me recordo. Creio que cantei muito e ri como louco quando era incapaz de cantar. Tenho vagas recordações de uma grande tempestade algum tempo depois de alcançar o barco. De qualquer

---

[3] Edgar Allan Poe (1809-1849), escritor norte-americano, uma das principais influências de Lovecraft; Edward George Bulwer-Lytton (1803-1873), escritor inglês. (N.T.)

forma, sei que ouvi o ribombar de trovões e outros ruídos que a natureza produz somente em seus humores mais terríveis.

Quando sai das trevas, estava num hospital de San Francisco, para onde fora levado pelo capitão de um navio americano que recolhera meu barco no meio do oceano. Em meu delírio, falei muito, mas descobri que não deram muita atenção às minhas palavras. Meus salvadores não sabiam nada a respeito de terra alguma que houvesse aflorado no Pacífico, e eu não julguei necessário insistir em algo no qual sabia que eles não poderiam acreditar. Procurei certa vez um famoso etnólogo e o diverti com perguntas curiosas sobre a antiga lenda filistina de Dagon, o Deus-Peixe, mas, percebendo logo que ele era um racionalista incorrigível, não insisti nas perguntas.

É durante a noite, especialmente quando a lua está muito curva e minguante, que eu vejo a coisa. Tentei a morfina, mas a droga deu-me apenas um alívio temporário e arrastou-me para suas garras como um escravo sem esperança. Sim, tendo escrito um relato completo para a informação ou a desdenhosa diversão de meus semelhantes, agora pretendo acabar com tudo. Muitas vezes me pergunto se tudo não teria passado de pura fantasmagoria — uma simples fantasia febril enquanto eu jazia, castigado e delirante pelo sol, naquele barco descoberto depois de minha fuga do vaso de guerra alemão. Isso, eu me pergunto, mas sempre me vem uma visão terrivelmente pavorosa em resposta. Não consigo pensar no mar profundo sem estremecer com as coisas inomináveis que podem estar, neste exato momento, arrastando e espojando-se em seu leito lamacento, adorando seus antigos ídolos de pedra e cinzelando a sua própria e detestável semelhança em obeliscos submarinos de granito encharcado. Sonho com o dia em que elas poderão ascender acima dos vagalhões para arrastar para o fundo, com suas garras fétidas, os remanescentes de uma humanidade debilitada, exaurida pela guerra — o dia em que a terra irá afundar e o escuro leito do oceano erguer-se em meio a um pandemônio universal.

O fim está próximo. Ouço um ruído à porta, como se um imenso corpo viscoso a estivesse forçando. Ela não me encontrará. Deus, *aquela mão*! A janela! A janela!

(1917)

Fatos concernentes do falecido Arthur Jermyn e sua família

A vida é uma coisa terrível e por trás do que sabemos de mais profundo a seu respeito, espreitam sugestões demoníacas de verdade que, às vezes, a tornam mil vezes mais terrível. A ciência, que já é opressiva com suas revelações chocantes, talvez venha a ser a exterminadora final de nossa espécie humana — se é que somos uma espécie à parte —, pois sua reserva de horrores inimagináveis jamais poderia ser suportada por cérebros humanos caso fosse solta no mundo. Se soubéssemos o que somos, deveríamos fazer como sir Arthur Jermyn. Arthur Jermyn encharcou-se de petróleo, certa noite, e pôs fogo em suas roupas. Ninguém colocou seus restos carbonizados numa urna, nem produziu um memorial em sua homenagem, pois encontraram alguns papéis e um certo *objeto* encaixotado que fizeram os homens desejar esquecer tudo. Alguns que o conheciam chegam a não admitir que ele tenha algum dia existido.

Arthur Jermyn saiu para o pântano e ateou fogo em si próprio depois de ver o *objeto* encaixotado que viera da África. Foi esse *objeto*, e não a sua singular aparência pessoal, que o levou a pôr fim à sua vida. Muitos não gostariam de viver se tivessem as feições peculiares de Arthur Jermyn, mas ele era um poeta e estudioso e não se importava com isso. Tinha o aprendizado no sangue, pois seu bisavô, o baronete sir Robert Jermyn, havia sido um antropólogo de renome, enquanto seu tataravô, sir Wade Jermyn, fora um dos primeiros exploradores da região do Congo e havia escrito com erudição sobre suas tribos, animais e supostas antiguidades. Com efeito, o velho sir Wade mostrara um zelo intelectual que quase beirava a mania. Suas bizarras conjecturas sobre uma civilização congolesa branca e pré-histórica lhe valeram muito ridículo quando seu livro, *Observação sobre as diversas partes da África*, foi publicado. Em 1765, esse ousado explorador foi internado num hospício de Huntingdon.

A loucura estava presente em todos os Jermyn, e as pessoas achavam ótimo que não houvesse muitos deles. A linhagem não gerou ramos descendentes, e Arthur foi seu derradeiro representante. Se não fosse, sabe-se lá o que ele teria feito quando o *objeto* chegou. Os Jermyn nunca pareceram ter uma aparência muito normal — havia algo de errado, ainda que Arthur fosse o pior deles, mas os velhos retratos de família no solar Jermyn mostravam um bom número de feições agradáveis antes da época de sir Wade. A loucura havia começado com certeza com sir Wade, cujas histórias malucas sobre a África faziam a delícia e o terror de seus poucos amigos. Ela revelava-se em suas coleções de troféus e espécimes, de um tipo que pessoas normais não haveriam de juntar e preservar, e aparecia nitidamente na clausura oriental em que mantinha sua esposa. Esta, segundo ele, era a filha de um comerciante português com quem havia se encontrado na África e que não apreciava os costumes ingleses. Ela o acompanhara quando ele voltara da segunda e mais longa de suas viagens, trazendo um filho recém-nascido na África; depois fora com ele na terceira e última viagem e nunca mais retornara. Ninguém jamais a vira de perto, nem mesmo os criados, pois tinha um comportamento violento e singular. Durante sua breve estada no solar Jermyn, havia ocupado uma ala afastada onde era visitada apenas pelo marido. sir Wade era, de fato, muito peculiar na solicitude com a família, pois, quando retornara à África, não permitira que ninguém mais cuidasse de seu jovem filho afora uma repugnante negra da Guiné. Quando de seu retorno, depois da morte de

Lady Jermyn, ele próprio assumira os cuidados gerais para com o garoto.

Mas foram as conversas de sir Wade, especialmente depois de tomar uns goles, o principal motivo para os amigos o julgarem louco. Num período racionalista como o século XVIII, era um pouco imprudente uma pessoa instruída falar de paisagens selvagens e cenas estranhas sob o luar do Congo, de muralhas e pilares gigantescos de uma cidade esquecida em ruínas e coberta de heras e de uma escada de pedra úmida, silenciosa, descendo interminavelmente até a escuridão de entesouradas criptas abismais e catacumbas inconcebíveis. Era especialmente imprudente delirar sobre criaturas vivas que poderiam assombrar esse suposto lugar, criaturas meio selvagens e meio urbanas, de uma ancestralidade profana — criaturas fabulosas que mesmo um Plínio descreveria ceticamente, coisas que poderiam ter surgido depois de os grandes macacos terem infestado a cidade moribunda com suas muralhas e pilares, suas criptas e suas fabulosas esculturas. Porém, após voltar para casa pela última vez, sir Wade falava desses assuntos com extrema satisfação, sobretudo depois de seu terceiro copo no Knight's Head, jactando-se do que havia encontrado na selva e de como havia habitado entre ruínas terríveis que só ele conhecia. Enfim, acabou falando de tal forma das criaturas vivas, que o internaram no hospício. Preso no quarto gradeado de Huntingdon, ele não se mostrou muito arrependido; sua mente funcionava de maneira curiosa. Desde que o filho começara a deixar a infância, começou a gostar cada vez menos de seu lar, até que passou a temê-lo. O Knight's Head ficara sendo seu quartel-general, e quando foi internado, chegou a manifestar certa gratidão, como se aquilo fosse para a sua proteção. Três anos depois, ele morreu.

Philip, o filho de Wade Jermyn, fora uma pessoa muito singular. Apesar da grande semelhança física com o pai, sua aparência e conduta eram, sob muitos aspectos, tão rudes, que todos o evitavam. Embora não tenha herdado a loucura, como alguns temiam, era muito bronco e dado a breves lapsos de incontrolável violência. Era baixo, mas muito vigoroso, e tinha uma agilidade espantosa. Doze anos depois de conseguir seu título, casou-se com a filha de seu couteiro, que diziam ser de origem cigana, mas antes do nascimento de seu filho, ele ingressou na Marinha como simples marinheiro, completando os motivos para a aversão universal que seus hábitos e seu casamento com uma pessoa de origem inferior haviam iniciado. Com o fim do conflito americano, soube-se que ele se engajara como marinheiro de um navio mercante no comércio africano, adquirindo alguma reputação em proezas de força e escalada, mas que havia desaparecido durante uma noite em que seu navio estivera fundeado na costa do Congo.

No filho de sir Philip Jermyn, a reconhecida peculiaridade da família adquiriu um aspecto estranho e fatal. Alto e muito bonito, com uma curiosa espécie de graça oriental apesar de ligeiras desproporções, Robert Jermyn começou a vida como estudioso e pesquisador. Ele foi o primeiro a estudar cientificamente a enorme coleção de relíquias que seu avô louco trouxera da África e que tornara a família tão ilustre na etnologia quanto nas explorações. Em 1815, sir Robert desposou uma filha do sétimo visconde de Brightholme e foi depois abençoado com três filhos, o mais velho e o mais moço jamais foram vistos em público em virtude de deformidades físicas e mentais. Entristecido com esses infortúnios familiares, o cientista buscou alívio no trabalho e fez duas longas expedições ao interior da África. Em 1849, seu segundo filho, Nevil, pessoa particularmente repulsiva que parecia combinar a rudeza de Philip Jermyn com a altivez dos Brightholmes, fugiu com uma dançarina de cabaré, mas foi perdoado quando retornou no ano seguinte. Ele voltou ao solar Jermyn viúvo e com um filho bebê, Alfred, que um dia seria o pai de Arthur Jermyn.

Amigos disseram que foi essa sucessão de sofrimentos que perturbaram a razão de sir Robert Jermyn, mas o motivo do desastre foi, provavelmente, algum elemento do folclore africano. O velho erudito vinha recolhendo lendas das tribos Onga, perto do campo de seu avô e de suas próprias explorações, esperando assim entender um pouco das histórias fantásticas de sir Wade sobre uma cidade perdida povoada por estranhas criaturas híbridas. Certa consistência nos curiosos papéis de seu ancestral sugeria que a imaginação do louco poderia ter sido fomentada por mitos nativos. Em 19 de outubro de 1852, o explorador Samuel Seaton visitou o solar Jermyn levando consigo um manuscrito com anotações coligidas entre os Onga e certo de que algumas lendas sobre uma cidade cinzenta de macacos brancos, governada por um deus branco, poderiam ser valiosas para um etnólogo. Durante sua conversa, é provável que ele tenha fornecido muitos detalhes adicionais cuja natureza jamais será conhecida, pois uma sucessão de tragédias terríveis começou a ocorrer. Quando sir Robert Jermyn saiu da biblioteca, deixou para trás o corpo estrangulado do explorador e, antes que pudesse ser contido, havia dado fim a todos os três filhos, os dois que nunca mais haviam sido vistos e aquele fugira. Nevil Jermyn morreu defendendo, com sucesso, seu próprio filho de dois anos, que aparentemente havia sido incluído nos planos assassinos do velho enlouquecido. O próprio sir Robert, depois de repetidas tentativas de suicídio e de uma obstinada recusa em dizer uma palavra que fosse, morreu de apoplexia no segundo ano de seu confinamento.

Sir Alfred Jermyn tornou-se baronete antes de seu quarto aniversário, mas seus gostos jamais casaram com o título. Aos vinte, juntou-se a um grupo de artistas mambembes, e aos trinta e seis havia abandonado mulher e filho para excursionar com um circo itinerante americano. Seu fim foi bastante revoltante. Entre os animais exibidos na excursão, havia um enorme gorila macho de cor mais clara do que a média, uma fera surpreendentemente dócil, muito popular entre os artistas. Alfred Jermyn era muito fascinado por aquele gorila e em muitas ocasiões os dois ficavam observando-se com vagar por entre as grades. Um dia, Jermyn pediu e lhe deram permissão para treinar o animal, espantando o público e seus colegas artistas com o êxito de seus esforços. Certa manhã, em Chicago, quando o gorila e Alfred Jermyn estavam ensaiando uma luta de boxe por demais engenhosa, aquele soltou um golpe com força maior que o normal, ferindo o corpo e a dignidade do aprendiz de domador. Do que se seguiu, membros d'*O Maior Espetáculo da Terra* não gostam de falar. Eles não esperavam ouvir sir Alfred Jermyn emitir um tão grito desumano de arrepiar, nem de vê-lo agarrar seu desajeitado adversário com as duas mãos, atirá-lo ao chão da jaula e morder-lhe perversamente a garganta peluda. O gorila ficou desguarnecido, mas não por muito tempo, e, antes que o domador oficial pudesse fazer alguma coisa, o corpo que fora do baronete ficara irreconhecível.

II

Arthur Jermyn era filho de sir Alfred Jermyn com uma cantora de cabaré de origem desconhecida. Quando o marido e pai abandonou sua família, a mãe levou a criança ao solar Jermyn, onde não restara ninguém para se opor à sua permanência. Ela tinha algumas noções de qual deveria ser o comportamento de um aristocrata e cuidou para que o filho recebesse a melhor educação que seu pouco dinheiro permitia. Os recursos da família eram, então, muito escassos, e o solar Jermyn estava num estado de abandono lamentável, mas o jovem Arthur amava a velha construção com tudo o que ela abrigava. Poeta e sonhador, ele era diferente de todos os outros Jermyn que ali viveram. Algumas famílias vizinhas, que tinham ouvido histórias sobre a nunca avistada esposa portuguesa do velho sir Wade, diziam que seu sangue latino devia estar se revelando, mas a maioria das pessoas limitava-se a zombar de sua sensibilidade à beleza, atribuindo-a à mãe cantora, socialmente desconhecida. A delicadeza poética de Arthur Jermyn era ainda mais notável devido à rudeza de sua aparência pessoal. A maioria dos Jermyn possuíra uma aparência sutilmente esquisita e repulsiva, mas o caso de Arthur era chocante. É difícil dizer com exatidão com o que ele se parecia, mas seu semblante, o talhe de seu rosto e a extensão de seus braços provocavam um arrepio de repulsa nos que o viam pela primeira vez.

A mente e o caráter de Arthur Jermyn compensavam, porém, seu aspecto. Prendado e instruído, ele obtivera as mais altas honrarias em Oxford e parecia destinado a resgatar o prestígio intelectual de sua família. Conquanto seu temperamento fosse mais poético do que científico, pretendia prosseguir no trabalho de seus antepassados com etnologia e antiguidades africanas, utilizando a coleção maravilhosa e exótica de sir Wade. Com seu espírito fantasista, ele meditava com muita frequência sobre a civilização pré-histórica em que o explorador enlouquecido tão implicitamente acreditara, tecendo, história a história, os elementos sobre a cidade silenciosa na selva, mencionada nas notas e tópicos mais alucinados deste último. Quanto às nebulosas afirmações sobre uma insuspeita e obscura linhagem de selvagens híbridos, ele tinha um peculiar sentimento que misturava terror e atração, especulando sobre o possível fundamento daquela fantasia e tentando obter luz entre os dados mais recentes reunidos por seu bisavô e Samuel Seaton entre os Onga.

Em 1911, depois que sua mãe morreu, sir Arthur Jermyn decidiu levar suas investigações o mais longe possível. Vendendo parte da propriedade para conseguir o dinheiro necessário, montou uma expedição e navegou para o Congo. Tendo conseguido um grupo de guias com as autoridades belgas, passou um ano na região dos Onga e dos Kaliri recolhendo dados que superavam suas maiores expectativas. Entre os Kaliri havia um chefe idoso chamado Mwanu, que possuía não apenas uma memória altamente retentiva, mas um grau singular de conhecimento e interesse nas lendas antigas. Esse ancião confirmou cada história que Jermyn ouvira, acrescentando seu próprio relato sobre a cidade de pedra e os macacos brancos tal como lhe havia sido contado.

Segundo Mwanu, a cidade cinzenta e as criaturas híbridas já não existiam, tendo sido aniquiladas pelos belicosos N'bangus havia muitos anos. Essa tribo, depois de destruir a maioria dos edifícios e matar as criaturas vivas, levara embora a deusa empalhada que motivara a sua busca; a deusa-macaco branca que os estranhos seres adoravam e que, segundo a tradição do Congo, teria a forma de alguém que havia reinado como princesa entre aquelas criaturas. Mwanu não tinha ideia de como deviam ter sido exatamente as criaturas brancas com forma de macaco, mas acreditava que foram elas quem construíram a cidade em ruínas. Jermyn não pôde tirar nenhuma conclusão, mas, insistindo nas perguntas, obteve uma lenda muito pitoresca sobre a deusa empalhada.

Dizia-se que a princesa-macaco se tornara a consorte de um grande deus branco vindo do Ocidente. Durante muito tempo, eles reinaram juntos sobre a cidade, mas, quando tiveram um filho, os três foram embora. Mais tarde, o deus e a princesa retornaram, e quando a princesa morreu, seu divino esposo fez mumificar seu corpo e o conservou como relíquia numa enorme casa de pedra, onde era adorado. Então, ele partiu sozinho. Nesse ponto, a lenda parecia ter três variantes. Segundo um dos relatos, nada mais acontecera, salvo que a deusa empalhada se tornara um símbolo de supremacia para todas as tribos que a viessem possuir. Esse fora o motivo para os N'bangus a terem levado. Um segundo relato contava sobre a volta do deus e de sua morte aos pés da esposa santificada. Um terceiro ainda falava da volta do filho, transformado em homem adulto — ora macaco adulto, ora deus adulto, conforme o caso — sem conhecimento de sua identidade. Os imaginativos negros haviam extraído, com certeza, o máximo dos fatos que poderiam existir por trás da extravagante fabulação.

Arthur Jermyn já não tinha dúvidas sobre a existência real da cidade no meio da selva descrita pelo velho sir Wade e não se espantou muito quando, no início de 1912, encontrou o que restara dela. Seu tamanho devia ter sido exagerado, mas as pedras que jaziam espalhadas pelo local comprovavam que não havia sido uma simples aldeia de negros. Infelizmente não lhe foi possível encontrar nenhuma escultura e o pequeno porte da expedição impediu as operações de limpeza de uma das passagens visíveis que pareciam descer para o sistema de galerias que sir Wade mencionara. Os macacos brancos e a deusa empalhada foram discutidos com todos os chefes nativos da região, mas coube a um europeu aprimorar os dados proporcionados pelo velho Mwanu. M. Verhaeren, agente belga de um entreposto comercial do Congo, acreditava que poderia não só localizar, mas obter a deusa mumificada, da qual ouvira falar vagamente, pois os outrora poderosos N'bangus eram agora servos submissos do governo do rei Albert e, com um pouco de persuasão, poderiam ser induzidos a se desfazer da terrível divindade que haviam pilhado. Quando Jermyn embarcou para a Inglaterra, portanto, foi exultante com a possibilidade de receber, dentro de alguns meses, uma relíquia etnológica inestimável confirmando a mais excêntrica das narrativas de seu tataravô — isto é, a mais excêntrica que ele jamais ouvira. Os camponeses das vizinhanças do solar Jermyn talvez houvessem escutado histórias mais perturbadoras transmitidas por antepassados que haviam escutado sir Wade nas mesas do Knight's Head.

Arthur Jermyn esperou pacientemente pela caixa de M. Verhaeren, estudando enquanto isso com maior diligência ainda os manuscritos deixados por seu antepassado demente. Ele começou a se achar muito parecido com sir Wade e a procurar relíquias da vida pessoal dele na Inglaterra, bem como de suas explorações africanas. Conseguiu numerosos relatos orais sobre a esposa misteriosa e reclusa, mas não havia sobrado nenhuma relíquia tangível dela no solar Jermyn. Arthur ficou pensando que circunstâncias teriam provocado ou permitido essa completa ausência e concluiu que a loucura do marido havia sido o principal motivo. Ele se lembrou que diziam que sua tataravó teria sido a filha de um comerciante português na África. Seu legado prático e seu conhecimento superficial do Continente Negro com certeza a teriam levado a zombar das histórias de sir Wade sobre o interior africano, coisa que um homem como ele dificilmente perdoaria. Ela teria morrido na África, talvez arrastada até lá por um marido determinado a provar o que havia relatado. Mas, enquanto se perdia nessas reflexões, Jermyn não podia deixar de sorrir de sua inutilidade um século e meio depois da morte de seus estranhos ancestrais.

Em junho de 1913, chegou-lhe uma carta de M. Verhaeren contando sobre a descoberta da deusa empalhada. Era, asseverava o belga, uma peça das mais extraordinárias, muito além da capacidade de classificação de um leigo. Se era humana ou símia, só um cientista poderia determinar, e esse processo seria ainda mais dificultado por seu estado imperfeito. O tempo e o clima do Congo não são complacentes com as múmias, em especial quando sua preparação era tão amadorística como parecia ser o caso. Haviam encontrado ao redor do pescoço da criatura um cordão de ouro sustentando um medalhão vazio sobre o qual havia desenhos armoriais, com certeza uma lembrança de algum infeliz viajante, tomada pelos N'bangus e pendurada na deusa como amuleto. Comentando o perfil do rosto da múmia, M. Verhaeren sugeriu uma comparação esquisita, ou melhor, insinuou jocosamente de como ele chocaria seu correspondente, mas estava muito mais interessado em questões científicas para desperdiçar muitas palavras com tais leviandades. A deusa empalhada, escreveu, chegaria devidamente embalada cerca de um mês depois do recebimento da carta.

O objeto encaixotado foi entregue no solar Jermyn na tarde de 3 de agosto de 1913, sendo na mesma hora transportado para o grande salão que abrigava a coleção de espécimes africanos tal como havia sido disposta por sir Robert e Arthur. O que se seguiu pode ser mais bem coligido com base nos relatos de criados e dos objetos e papéis examinados depois. Dos muitos relatos, o do velho Soames, mordomo da família, é o mais amplo e coerente. Segundo esse homem digno de confiança, sir Arthur Jermyn fez todos saírem do salão antes de abrir a caixa, embora o som distante de martelo e formão indicasse que ele não retardara a operação. Durante algum tempo, nada se ouviu. Soames não soube calcular com exatidão, mas foi decerto menos de um quarto de hora depois que o pavoroso grito, inquestionavelmente na voz de Jermyn, foi ouvido. Logo depois, Jermyn irrompeu do salão correndo freneticamente para a frente da casa como se estivesse sendo perseguido por algum terrível inimigo. A expressão de seu rosto, um rosto já horrível o bastante quando em repouso, era indescritível. Quando se aproximou da porta da frente, ele pareceu se lembrar de algo, interrompeu a fuga, voltou e desapareceu descendo as escadas para o porão. Os criados, atônitos, ficaram observando do alto das escadas, mas seu amo não voltava. Um cheiro de petróleo foi tudo o que subiu das regiões inferiores. Depois de escurecer, ouviram um ruído na porta do porão que dava para o quintal e um cavalariço viu Arthur Jermyn, reluzindo e cheirando a petróleo da cabeça aos pés, sair furtivamente e desaparecer no pântano escuro que rodeava a casa. Então, no auge do horror supremo, todos viram o fim. Uma centelha brilhou no pântano, uma chama subiu e uma coluna de fogo humano ergueu-se aos céus. A casa de Jermyn já não existia mais.

O motivo para os restos carbonizados de Arthur Jermyn não terem sido recolhidos e enterrados encontra-se no que foi achado mais tarde, em especial na coisa dentro da caixa. A deusa empalhada tinha um aspecto repugnante, estava ressecada e corroída, mas era claramente um macaco branco mumificado de alguma espécie desconhecida, menos peludo do que qualquer variedade catalogada e muito mais próximo do gênero humano — assombrosamente mais próximo. Uma descrição detalhada seria muito desagradável, mas dois aspectos em particular merecem ser revelados, pois combinam de modo revoltante com certas anotações das expedições africanas de sir Wade e as lendas congolesas do deus branco e da princesa-macaco. Os dois aspectos em questão são estes: as armas no medalhão de ouro pendurado no pescoço da criatura eram o brasão dos Jermyn, e a sugestão jocosa de M. Verhaeren, sobre certa semelhança com um aparentado rosto encarquilhado, aplicava-se com vívido, pavoroso e sobrenatural horror a nada menos que o sensível Arthur Jermyn, tataraneto de sir Wade Jermyn e uma certa desconhecida esposa. Membros do Royal Anthropological Institute queimaram a coisa e atiraram o medalhão num poço, e alguns deles não admitem que Arthur Jermyn chegou a existir algum dia.

(1920)

O templo

(Manuscrito encontrado na costa de Yucatan)

No dia 20 de agosto de 1917, eu, Karl Heinrich, conde de Altberg-Ehrenstein, tenente-comandante da Marinha Imperial Alemã e no comando do submarino U-29, deposito esta garrafa e este registro no Oceano Atlântico, numa localização que me é desconhecida, mas provavelmente próxima à latitude de 20 graus a norte e longitude de 35 graus a oeste, onde minha embarcação repousa avariada no leito do oceano. Assim faço movido pelo desejo de narrar certos fatos incomuns ao público, coisa que, com toda probabilidade, não poderei fazer pessoalmente, porque as circunstâncias que me cercam são tão ameaçadoras quanto extraordinárias, envolvendo não só a desesperada inutilidade do U-29, mas também a desastrosa fragilização de minha vontade de ferro germânica.

Na tarde de 18 de junho, tal como foi transmitido por telégrafo ao U-61, rumando para Kiel, torpedeamos o cargueiro britânico *Victory* que ia de Nova York para Liverpool, a latitude de 45 graus e 16 minutos a norte e longitude de 28 graus e 34 minutos a oeste, e foi possível que a nossa tripulação saísse em botes para recolher uma boa imagem em filme para os arquivos do almirantado. O navio afundou espetacularmente, primeiro de proa com a popa erguendo-se bem alto acima da água, e depois o casco mergulhou, na vertical, para o fundo do mar. Nossa câmera pegou tudo e lamento que um rolo de filme tão bom jamais chegue a Berlim. Depois, afundamos os barcos salva-vidas com os canhões e submergimos.

Quando subimos à superfície, ao entardecer, achamos o corpo de um marinheiro no tombadilho com as mãos agarradas de maneira estranha ao parapeito. O infeliz era jovem, de pele bem morena e muito bonito, provavelmente italiano ou grego e, sem dúvida, da tripulação do *Victory*. Ele claramente havia procurado refúgio na própria embarcação que fora obrigada a destruir a sua — mais uma vítima da injusta guerra de agressão que os porcos ingleses estão travando contra nossa Pátria. Nossos homens o revistaram para pegar *souvenirs* e descobriam, no bolso de seu capote, um curioso pedaço de marfim entalhado representando a cabeça de uma jovem coroada com um laurel. Meu colega oficial, o tenente Klenze, pensou que o objeto era muito antigo e de grande valor artístico, por isso tomou-o dos homens para si. Como ele havia chegado às mãos de um marinheiro comum, nem ele nem eu poderia imaginar.

Quando o morto foi atirado ao mar, dois incidentes deixaram os homens muito perturbados. Os olhos do rapaz estavam fechados, mas, conforme o arrastavam para a amurada, eles abriram-se, e muitos tiveram a estranha ilusão de que fitavam zombeteiramente Schmidt e Zimmer, que estavam debruçados sobre o cadáver. O contramestre Müller, um homem mais velho que seria mais esperto se não fosse um porco alsaciano supersticioso, impressionou-se de tal forma com essa sensação que ficou observando o corpo na água e jurou que, depois de afundar um pouco, ele estirou os membros em posição de nado e afastou-se rapidamente em direção ao sul, sob as ondas. Klenze e eu não gostamos dessas exibições de ignorância campesina e repreendemos severamente os homens, Müller em especial.

No dia seguinte, criou-se uma situação muito incômoda com a indisposição de alguns membros da tripulação. Eles certamente estavam tensos em virtude de nossa longa viagem e haviam tido maus sonhos. Muitos pareciam atônitos e aparvoados e, depois de me certificar de que não estavam fingindo sua fraqueza, dispensei-os de suas obrigações. O mar estava muito bravio, obrigando-nos a descer para uma profundidade onde as ondas davam menos trabalho. Ali ficamos relativamente mais tranquilos, apesar de uma embaraçosa corrente em direção ao sul que não conseguimos identificar nas cartas oceanográficas. Os gemidos dos doentes eram decididamente incômodos, mas, como não pareciam desmoralizar o resto da tripulação, não foi preciso recorrer a medidas extremas. Nosso plano era permanecermos naquele lugar e interceptar o vapor de carreira *Dacia*, mencionado na instrução dos agentes em Nova York.

Ao anoitecer, subimos à superfície notando que o mar estava menos revolto. A fumaça de um encouraçado apareceu no horizonte setentrional, mas nossa distância e capacidade de submergir nos salvaram. O que mais nos preocupava era o palavreado do contramestre Müller, que foi ficando mais e mais confuso no transcorrer da noite. Ele estava num estado de puerilidade deplorável, balbuciando algo sobre a visão de corpos mortos passando pelas vigias submarinas, corpos que olhavam intensamente para ele e que reconhecera, apesar de inchados, como sendo de pessoas que vira morrer em nossas vitoriosas façanhas alemãs. Dizia ele também que o jovem que havíamos encontrado e atirado ao mar era seu líder. Isso tudo era muito repulsivo e anormal, por isso metemos Müller a ferros e mandamos açoitá-lo com rigor. Os homens não gostaram dessa punição, mas era preciso manter a disciplina. Também negamos o pedido de uma comissão encabeçada pelo marujo Zimmer para que a curiosa cabeça entalhada em marfim fosse atirada ao mar.

No dia 20 de junho, os marujos Bohm e Schmidt, que haviam passado mal no dia anterior, enfureceram-se. Lamentei não termos um médico em nosso corpo de oficiais, já que as vidas alemãs são preciosas, mas os delírios constantes dos dois a respeito de uma terrível maldição subvertiam gravemente a disciplina, obrigando-nos a tomar medidas drásticas. A tripulação aceitou o fato com má vontade, mas aquilo pareceu acalmar Müller, que, daquele momento em diante, não nos causou nenhum problema. À noite, nós o soltamos e ele retomou suas obrigações em silêncio.

Na semana seguinte, estávamos todos nervosos à espera do *Dacia*. A tensão foi agravada pelo desaparecimento de Müller e Zimmer, que seguramente se suicidaram em consequência dos pavores que pareciam assediá-los, embora ninguém os houvesse visto saltando ao mar. Fiquei muito satisfeito por me livrar de Müller, pois mesmo seu silêncio havia perturbado a tripulação. Todos pareciam inclinados ao silêncio agora, como que tomados por um medo secreto. Muitos estavam doentes, mas ninguém provocou distúrbios. O tenente Klenze, agastado pela tensão, irritava-se com bagatelas — como o grupo de golfinhos que se aglomerava em números crescentes em volta do U-29 e a intensidade crescente da corrente em direção ao sul que não constava de nosso mapa.

Com o tempo, ficou evidente que perdêramos completamente o *Dacia*. Esses malogros não são incomuns e ficamos mais satisfeitos do que desapontados, já que nosso retorno para Wilhelmshaven estava agora em ordem. Ao meio-dia de 28 de junho, viramos para nordeste e, apesar de alguns embaraços cômicos com a multidão incomum de golfinhos, logo estávamos em curso.

A explosão na sala das máquinas às duas da madrugada nos pegou de surpresa. Não havia sido observado nenhum defeito nas máquinas ou descuido dos homens, mas, ainda assim, sem nenhum aviso, a embarcação foi sacudida, de ponta a ponta, por um abalo colossal. O tenente Klenze correu para a sala das máquinas, descobrindo o tanque de combustível e a maior parte do mecanismo despedaçados e os engenheiros Raabe e Schneider mortos. Nossa situação havia ficado realmente grave, pois, ainda que os regeneradores químicos do ar estivessem intactos e pudéssemos usar os dispositivos para elevar e submergir o barco[1] e abrir as escotilhas enquanto o ar comprimido e a carga das baterias conservassem-se, não estávamos em condições de impelir ou guiar o submarino. Procurar salvação nos barcos salva-vidas nos poria nas mãos de inimigos irracionalmente enfurecidos contra a grande nação alemã e, desde o incidente do *Victory*, nosso telégrafo havia quebrado e não conseguíamos entrar em contato com nenhum submarino amigo da Marinha Imperial.

Do momento do acidente até 2 de julho, flutuamos continuamente à deriva em direção ao sul, quase sem planos e sem encontrar nenhum barco. Os golfinhos ainda rodeavam o U-29, circunstância notável considerando-se a distância que havíamos percorrido. Na manhã de 2 de julho, avistamos um encouraçado a todo vapor com as cores americanas e os homens ficaram muito agitados, querendo render-se. O tenente Klenze acabou tendo de atirar num marinheiro de nome Traube, que exigiu este ato antigermânico de especial violência. Isso acalmou a tripulação por algum tempo e submergimos despercebidos.

Na tarde seguinte, um bando compacto de aves marinhas surgiu vindo do sul e o oceano começou a ficar ameaçador. Fechando as escotilhas, aguardamos os acontecimentos até perceber que, se não submergíssemos, seríamos inundados pelas ondas que se avolumavam. A pressão do ar e a eletricidade estavam diminuindo e queríamos evitar todo uso desnecessário de nossos parcos recursos mecânicos, mas, nesse caso, não havia escolha. Não descemos até muito fundo e, depois de algumas horas, quando o mar ficou mais calmo, decidimos retornar à superfície. Nesse momento, porém, um novo problema impôs-se: o barco não respondia a nossos comandos apesar de usarmos todos os recursos mecânicos. À medida que os homens iam ficando mais apavorados com aquela prisão submarina, alguns deles começaram a resmungar

[1] Lovecraft, no original, ora utiliza *ship*, ora *boat*, para se referir ao submarino, casos que traduzimos sempre por *barco*. Na tradição naval, os submarinos são geralmente referidos como barcos e não como *navios*, independentemente da sua dimensão. (N.T.)

novamente contra a estatueta de marfim do tenente Klenze, mas a visão de uma pistola automática os acalmou. Mantivemos os pobres diabos ocupados ao máximo com as máquinas, mesmo sabendo da inutilidade daquilo.

Klenze e eu geralmente dormíamos em horários diferentes e foi durante meu período de sono, por volta das cinco da madrugada do dia 4 de julho, que o motim se alastrou. Os seis malditos marinheiros restantes, suspeitando que estávamos perdidos e enfurecidos por não nos termos rendido ao encouraçado ianque dois dias antes, num desvario de pragas e destruição, rugiam, como animais que eram, quebrando instrumentos e móveis aleatoriamente e gritando alguma besteira sobre a maldição do ícone de marfim e o jovem morto que olhara para eles e saíra nadando. O tenente Klenze ficou paralisado e incapaz de agir, como era de se esperar de um renano frouxo e efeminado. Atirei nos seis, pois era preciso, e certifiquei-me que nenhum ficasse vivo.

Expelimos os corpos pelas comportas duplas e ficamos sozinhos no U-29. Klenze parecia muito nervoso e bebia pesadamente. Decidimos ficar vivos o máximo possível usando o grande estoque de provisões e o suprimento de oxigênio que não haviam sofrido com as sandices daqueles malditos marinheiros. Bússolas, sondas e outros instrumentos delicados estavam todos arruinados e nossos únicos recursos para o cálculo de posição do barco seriam conjecturas com base em observações, o calendário e nossa notável deriva avaliada com base em qualquer objeto que pudéssemos avistar através das vigias ou da torre de comando. Felizmente tínhamos baterias em estoque para muito tempo, tanto para a iluminação interna quando para o holofote. Frequentemente corríamos o facho de luz ao redor do barco, mas só conseguíamos enxergar os golfinhos nadando em paralelo ao curso de nossa deriva. Eu fiquei cientificamente interessado por aqueles golfinhos, pois, embora o *Delphinus delphis* comum seja um mamífero cetáceo incapaz de sobreviver sem ar, observei atentamente um deles por duas horas e não o vi alterar sua condição de submersão.

Com o passar do tempo, Klenze e eu concordamos que ainda estávamos à deriva em direção ao sul, enquanto imergíamos cada vez mais fundo, mais fundo. Observávamos a fauna e a flora marinhas e líamos muito sobre o tema nos livros que eu trouxera para os momentos de folga. Não pude deixar de observar, porém, o tanto que o conhecimento científico de meu companheiro era inferior ao meu. Sua cabeça não era nem um pouco prussiana, mas dada a fantasias e especulações sem o menor valor. A proximidade da morte afetava-o de maneira estranha e ele rezava muito, roído de remorso pelos homens, mulheres e crianças que havíamos afundado, esquecendo-se de que todas as coisas são nobres quando são feitas a serviço do Estado alemão. Com o passar do tempo, ele foi ficando visivelmente desequilibrado, parando para olhar, durante horas, seu ícone de marfim e tecendo histórias fantasiosas sobre coisas esquecidas e abandonadas no fundo do mar. Às vezes, à guisa de experimento psicológico, eu provocava seus devaneios e ficava ouvindo as intermináveis citações e histórias poéticas sobre navios afundados. Senti muito por ele, pois não me agrada ver um alemão sofrer, mas ele não era uma boa companhia para se morrer. Quanto a mim, eu me sentia orgulhoso, sabendo que a Pátria reverenciaria minha memória e ensinaria meus filhos a serem homens como eu.

No dia 9 de agosto, avistamos o leito do oceano e corremos sobre ele o facho potente do holofote. Era uma planície ondulada, quase toda coberta de algas, com as conchas de pequenos moluscos espalhadas por toda parte. Viam-se aqui e ali objetos de formato estranho, cobertos de limo e de algas e incrustados de cracas, que, na constatação de Klenze, deviam ser antigos navios repousando em seus túmulos. Ele pareceu intrigado com uma coisa: um pico de matéria sólida projetando-se do leito do oceano até quase dois metros de altura, com uns sessenta centímetros de espessura, faces planas e as superfícies superiores lisas encontrando-se num ângulo muito aberto. Imaginei que se tratava de um afloramento de rocha, mas Klenze pensava ter visto entalhes no objeto. Um momento depois, ele começou a tremer e desviou o olhar daquela cena, com ar apavorado, mas não conseguiu dar nenhuma explicação, exceto a de estar extasiado com a enormidade, a escuridão, a ancestralidade e o mistério dos abismos oceânicos. Ele estava mentalmente extenuado, mas eu, sempre um alemão, fui rápido em notar duas coisas: que o U-29 estava suportando perfeitamente a pressão da profundidade oceânica e que os estranhos golfinhos ainda nos acompanhavam, mesmo naquela profundidade, onde a existência de organismos altamente organizados é considerada impossível pela maioria dos naturalistas. Eu tinha certeza de que havia superestimado nossa profundidade antes, mas ainda assim devíamos estar em profundeza suficiente para tornar esses fenômenos admiráveis. Nossa velocidade em direção ao sul, embora medida por meio do leito do oceano, estava próxima da que eu havia calculado com base nos organismos observados em funduras mais altas.

Foi às 15h15 de 12 de agosto que o pobre Klenze enlouqueceu de vez. Ele estava na torre de comando usando o holofote quando o vi rumar para o compartimento da biblioteca onde eu estava lendo, e seu rosto imediatamente o traiu. Repetirei aqui o que ele disse, destacando as palavras que enfatizou: "*Ele* está chamando! *Ele* está chamando! Posso ouvi-lo! Devemos ir!" Enquanto falava, pegou o ícone de marfim da mesa, colocou-o no bolso e segurou meu braço, tentando arrastar-me pela escada para o tombadilho. Num instante, percebi que ele pretendia abrir a escotilha e mergulhar comigo na água, um delírio maníaco suicida e homicida para o qual eu não estava preparado. Quando me esquivei e tentei acalmá-lo, ele ficou ainda mais violento, dizendo: "Venha *já*, depois será tarde demais; é melhor se arrepender e ser perdoado do que desafiar e ser condenado." Tentei então fazer o oposto da tentativa de acalmá-lo, dizendo que ele estava louco, lastimavelmente insano. Mas ele não se abalou, gritando: "Se estou louco, é uma misericórdia! Possam os deuses apiedar-se do homem que, por sua indiferença, consiga ficar são ante o fim hediondo! Venha e seja louco enquanto *ele* ainda chama com clemência!"

Essa explosão pareceu aliviar uma pressão em sua cabeça, pois, quando terminou, ele ficou mais calmo, pedindo-me para deixá-lo partir sozinho já que eu não queria acompanhá-lo. Logo ficou clara a postura que eu devia adotar. Ele era um alemão, com certeza, mas apenas um renano simplório, e agora se havia transformado num louco potencialmente perigoso. Concordando com seu pedido suicida, poderia livrar-me de alguém que não era mais um companheiro, mas sim uma ameaça. Pedi que me entregasse a imagem de marfim antes de partir, mas isso lhe provocou uma risada tão sinistra, que não insisti. Depois perguntei se ele não queria deixar alguma lembrança ou uma mecha de cabelo para a sua família na Alemanha, para o caso de eu conseguir salvar-me, mas ele tornou a soltar aquela risada misteriosa. Assim, enquanto ele subia a escada, eu fui para os comandos e, esperando os intervalos de tempo necessários, operei o mecanismo que o enviou para a morte. Quando percebi que ele já não estava no barco, corri o facho do holofote pela água tentando avistá-lo, querendo verificar se a pressão da água o teria esmagado, como teoricamente devia acontecer, ou se o corpo não sofrera nada, como acontecia com os extraordinários golfinhos. Mas não consegui avistar meu antigo companheiro, pois os golfinhos, formando um grupo compacto em volta da torre de comando, obscureciam a visão.

Naquela noite, lamentei não ter tirado a imagem de marfim do bolso do pobre Klenze sem ele perceber quando partiu, pois a lembrança dela me fascinava. Não conseguia esquecer a cabeça jovem e bela com sua coroa frondosa, embora eu não seja, por natureza, um artista. Lamentava, também, não ter ninguém com quem conversar. Klenze, mesmo espiritualmente inferior, era melhor do que ninguém. Minhas chances de salvação eram, com toda certeza, irrisórias.

No dia seguinte, subi à torre de comando e reiniciei minhas costumeiras investigações com o holofote. Ao norte, a vista era exatamente igual à de quatro dias antes quando avistáramos o fundo, mas pude notar que a deriva do U-29 era menos veloz. Quando desviei o facho em direção ao sul, observei que o leito do oceano à frente descia num declive acentuado, exibindo blocos de pedra curiosamente irregulares organizados conforme padrões definidos em certos locais. O barco não desceu de imediato para acompanhar a profundidade maior do oceano, obrigando-me a regular o holofote e apontar o facho para baixo. Na virada brusca, um fio soltou-se, exigindo uma demora de muitos minutos para os reparos, mas a luz tornou a brilhar inundando o vale marinho abaixo de mim.

Não sou de extravasar emoções, mas tive um enorme espanto quando enxerguei o que a luz elétrica revelava. Entretanto, escolado que era na melhor *Kultur* da Prússia, eu não deveria espantar-me, pois a geologia e a tradição nos falam de grandes transposições em áreas oceânicas e continentais. O que vi foi um extenso e elaborado alinhamento de construções em ruínas, todas de uma arquitetura imponente, mas inclassificável, e em vários estágios de conservação. A maioria delas parecia ser de mármore, reluzindo vivamente sob o facho do holofote, e o plano geral correspondia ao de uma grande cidade no fundo de um vale estreito com numerosos templos e vilas isolados nas encostas íngremes acima. Os telhados haviam caído e as colunas estavam partidas, mas persistia em tudo a atmosfera de um esplendor imemorialmente antigo que nada poderia apagar.

Confrontado, enfim, com a Atlantis que eu até então considerara um mito, tornei-me o mais impetuoso dos exploradores. No fundo daquele vale, correra um rio algum dia, pois, examinando melhor a cena, avistei restos de molhes e de pontes de pedra e mármore, além de terraços e aterros antes verdejantes e belos. O entusiasmo me deixou quase tão pasmado e sentimental quanto o pobre Klenze, e demorei para notar que a correnteza em direção ao sul havia enfim terminado, permitindo que o U-29 pousasse mansamente sobre a cidade submersa como um avião pousa sobre uma cidade na superfície da terra. Também demorei para perceber que o bando de curiosos golfinhos havia desaparecido.

Cerca de duas horas mais tarde, o barco repousava numa praça pavimentada perto do paredão rochoso do vale. De um lado, eu podia ver a cidade inteira descendo da praça para a antiga margem do rio; do outro, com chocante proximidade, estava a fachada ricamente ornamentada e bem preservada de um grande edifício, evidentemente um templo, escavado na rocha maciça. Só posso fazer conjecturas sobre a arte construtiva original dessa coisa titânica. A fachada, de imensa magnitude, cobre aparentemente um recesso vazio contínuo, pois tem muitas janelas largamente distribuídas. No centro, escancara-se uma grande passagem aberta, que pode ser alcançada por um impressionante lance de degraus, rodeada por esculturas curiosas parecendo figuras de Bacanais em relevo. À frente de tudo, ficam as grandes colunas e frisas decoradas com esculturas de uma beleza inexprimível retratando, claramente, cenas pastorais idealizadas e procissões de sacerdotes e sacerdotisas carregando estranhos objetos cerimoniais para a adoração de um deus radiante. A qualidade artística do conjunto é fenomenal, em grande medida helênica, mas curiosamente diferenciada. Dá uma impressão de espantosa antiguidade, como se fosse mais antiga que as ancestrais imediatas da arte grega. Não posso duvidar, também, de que cada detalhe dessa obra maciça foi talhado em pedra virgem do nosso planeta. Trata-se, claramente, do paredão do vale, embora não consiga imaginar até que profundidade seu interior terá sido escavado. Talvez se tenha aproveitado de uma caverna ou de um conjunto de cavernas. Nem o tempo nem a submersão conseguiram destruir a grandeza primitiva desse magnífico santuário — pois santuário sem dúvida deve ser — que ainda hoje, milhares de anos depois, permanece imaculado e puro na escuridão silenciosa e eterna de um abismo oceânico.

Não consigo calcular o número de horas que gastei observando a cidade submersa com seus edifícios, arcos, estátuas e pontes, e o templo colossal com sua beleza e seu mistério. Mesmo sabendo que a morte estava próxima, a curiosidade me arrebatava, e eu corria o facho do holofote numa busca frenética. A luz me permitiu compreender muitos detalhes, mas não conseguiu mostrar nada adentro daquela passagem escancarada do templo cavado na rocha, e, depois de algum tempo, para economizar energia, desliguei a força. Os raios de luz estavam agora perceptivelmente mais fracos do que nas semanas de deriva e meu desejo de explorar os segredos aquáticos, como que aguçado pela iminente privação da luz, crescia. Eu, um alemão, haveria de ser o primeiro a palmilhar aqueles caminhos imemoriais perdidos!

Idealizei um escafandro de metal para águas profundas e fiz testes com a lanterna portátil e o regenerador de ar. Embora a manobra da dupla escotilha fosse-me causar alguma dificuldade, acreditei que poderia superar todos os obstáculos com minha habilidade científica e caminhar em pessoa pela cidade morta.

No dia 16 de agosto, saí do U-29 e avancei com dificuldade pelas ruas arruinadas e cobertas de lama em direção ao antigo rio. Não encontrei esqueletos nem outros restos humanos, mas adquiri uma riqueza em conhecimento arqueológico das esculturas e moedas. Sobre isso, tudo que posso fazer é expressar minha admiração por uma cultura que estava em pleno apogeu de sua glória quando moradores de cavernas perambulavam pela Europa e o Nilo fluía despercebido para o mar. Guiados por este manuscrito, se algum dia ele for encontrado, outros poderão desvendar os mistérios sobre os quais apenas posso palpitar. Voltei ao barco quando minhas baterias enfraqueceram, decidido a explorar, no dia seguinte, o templo escavado na rocha.

No dia 17, quando minha gana de desvendar o mistério do templo ficou ainda mais insistente, tive a desilusão de descobrir que os materiais necessários para recarregar a lanterna portátil haviam sido destruídos no motim daqueles porcos, em julho. Fiquei possesso de raiva, mas minha natureza germânica impediu que eu me aventurasse sem estar preparado nas entranhas completamente escuras que poderiam abrigar algum monstro marinho indescritível ou um labirinto de passagens em cujos meandros eu poderia perder-me para sempre. Tudo que me restava era acender o já minguante holofote do U-29 e, com a sua ajuda, subir os degraus do templo e analisar as esculturas externas. O facho de luz penetrava pela porta num ângulo de baixo para cima e eu tentei vislumbrar alguma coisa em seu interior, mas não consegui nada. Nem mesmo o teto era visível. Embora arriscasse um passo ou dois em seu interior depois de testar a solidez do piso com um bastão, não ousei ir mais longe. Além do mais, pela primeira vez em minha vida eu experimentava a sensação de pavor. Comecei a entender como haviam surgido certas atitudes do pobre Klenze, pois, quanto mais o templo me atraía, mais eu temia seus abismos aquáticos com um terror cego e crescente. Voltando ao submarino, apaguei as luzes e sentei-me, pensativo, no escuro. A eletricidade precisava ser poupada para emergências.

Passei todo o dia 18, um sábado, envolto na mais negra escuridão, atormentado por pensamentos e lembranças que ameaçavam vencer minha vontade germânica. Klenze havia enlouquecido e morrido antes de alcançar aquela sinistra ruína de um passado terrivelmente remoto e me aconselhara a ir com ele. Não teria o destino poupado minha razão só para me arrastar inelutavelmente para um fim tão pavoroso, que homem nenhum jamais sonhara? Meus nervos estavam dolorosamente tensos e eu precisava livrar-me daquelas sensações de homens fracos.

Não consegui dormir durante a noite de sábado e acendi as luzes sem me importar com o futuro. Era irritante saber que a eletricidade não duraria tanto, quanto o ar e as provisões. Retomei minha ideia de eutanásia e examinei a pistola automática. Perto do amanhecer, devo ter caído no sono com as luzes acesas, pois despertei no escuro, já na tarde de ontem, e descobri que as baterias estavam descarregadas. Acendi vários fósforos em seguida e lamentei profundamente a imprevidência com que havíamos gasto as poucas velas que possuíamos.

Depois de se extinguir o último fósforo que ousei gastar, fiquei sentado, em silêncio, na mais absoluta escuridão. Enquanto meditava sobre o fim inevitável, minha mente percorreu os acontecimentos precedentes e desenvolveu uma sensação até então adormecida que teria feito estremecer alguém mais fraco e mais supersticioso. *A cabeça do deus radiante nas esculturas sobre o templo de pedra é a mesma daquele pedaço de marfim entalhado que o marinheiro morto trouxera do mar e que o pobre Klenze levara de volta às águas.*

Essa coincidência me deixou um pouco atônito, mas não aterrorizado. Só um pensador ordinário se apressa em explicar o singular e o complexo pelo atalho primeiro do sobrenatural. A coincidência era curiosa, mas eu era um pensador sólido o bastante para não juntar circunstâncias que não admitem nenhuma conexão lógica, ou associar, por algum mecanismo extraordinário, os acontecimentos desastrosos que se sucederam desde o caso do *Victory* às minhas aflições presentes. Sentindo que precisava descansar mais, tomei um sedativo. A situação de meus nervos refletiu-se nos meus sonhos, pois tive a sensação de ouvir gritos de pessoas afogando-se e ver faces mortas espremendo-se contra as vigias do barco. E, entre as faces mortas, estava o rosto lívido e zombeteiro do jovem com a imagem de marfim.

Preciso ser cuidadoso na maneira como vou descrever meu despertar hoje, pois estou exausto e necessariamente haverá muitas alucinações misturadas aos fatos. Do ponto de vista psicológico, meu caso é dos mais interessantes, e lamento que não possa ser analisado cientificamente por alguma autoridade alemã competente. Ao abrir os olhos, minha primeira sensação foi um desejo incontrolável de visitar o templo escavado na rocha; um desejo que crescia a cada instante, mas ao qual eu tentava instintivamente resistir movido por uma sensação de medo que agia inversamente. Depois, veio-me a impressão de *luz* em meio à escuridão das baterias descarregadas e tive a impressão de ver uma espécie de brilho fosforescente na água em torno da vigia que estava de frente para o templo. Isso despertou minha curiosidade, visto que eu não conhecia nenhum organismo marinho capaz de emitir semelhante luminosidade. Antes que eu pudesse investigar, porém, tive uma terceira impressão, que, por ser tão sem razão, me fez duvidar da objetividade de tudo que meus sentidos pudessem registrar. Foi uma ilusão auditiva; a sensação de um som melódico, ritmado, que parecia provir de um canto ou de hino em coro, agreste mas belo, atravessando o casco absolutamente à prova de som do U-29. Convencido da anomalia de minhas condições psicológicas e nervosas, acendi alguns fósforos e servi-me de uma dose concentrada de solução de brometo de sódio, que pareceu acalmar-me o suficiente para desfazer a ilusão sonora. Mas a fosforescência persistia, e eu tive dificuldade de reprimir o impulso pueril de ir até a vigia e procurar a sua fonte, a sua origem. Ela era terrivelmente real, e logo pude distinguir, com a sua ajuda, os objetos familiares que me cercavam, inclusive o copo de brometo de sódio vazio do qual eu não tivera nenhuma impressão visual no local onde ele agora se encontrava. Esta última circunstância me fez meditar e cruzei o recinto até o copo e o toquei. Ele estava realmente onde eu o havia visto. Agora eu sabia que a luz, se não era real, fazia parte de alguma alucinação tão fixa e consistente, que eu não poderia descartá-la; por isso, deixando de lado qualquer resistência, subi na torre de comando para observar a origem da luz. Não seria, talvez, algum outro submarino alemão trazendo uma possibilidade de resgate?

Aconselho o leitor a não aceitar nada do que se segue como verdade objetiva, pois, como os acontecimentos transcendem à lei natural, eles são, necessariamente, criações fictícias e subjetivas de minha mente. Quando alcancei a torre, descobri que o mar em geral estava bem menos iluminado do que eu esperava. Não havia nenhum animal ou planta fosforescente por ali, e a cidade que acompanhava o declive da encosta até o rio era invisível na escuridão. O que eu vi não foi espetacular, nem grotesco, nem terrificante, mas eliminou o último vestígio de confiança que eu tinha na em minha própria consciência. *Isso porque a porta e as janelas do templo submerso escavado na colina rochosa brilhavam vivamente com uma radiância bruxuleante, como se a poderosa chama de um altar ardesse, a distância, em seu interior.*

Os incidentes posteriores são caóticos. Olhando para a porta e as janelas iluminadas, fiquei exposto a visões das mais extravagantes — visões tão extraordinárias, que não consigo sequer relacioná-las. Imaginei discernir objetos no templo, alguns parados, outros em movimento, e tive a impressão de ouvir de novo o canto irreal que fluíra até mim quando havia despertado. E, por cima de tudo, surgiram pensamentos e pavores centrados no jovem que viera do mar e o ícone de marfim cuja imagem estava reproduzida no friso e nas colunas do templo à minha frente. Pensei no pobre Klenze e fiquei imaginando onde estaria seu corpo com a imagem que ele havia levado de volta ao mar. Ele me advertira sobre algo e eu não lhe dera atenção — mas ele era um renano estúpido que enlouquecera diante de problemas que um prussiano poderia facilmente suportar.

O resto é muito simples. Meu primeiro impulso de entrar no templo havia se transformado numa ordem imperiosa e inexplicável. Minha vontade germânica já não conseguia controlar meus atos, e o arbítrio só foi possível em questões menores dali em diante. Fora uma loucura assim que levou Klenze à morte, com a cabeça descoberta e desprotegida, no oceano; mas eu sou prussiano e um homem de juízo e usarei até o fim o pouco que dele me resta. Quando percebi, pela primeira vez, que devia ir, preparei o traje de mergulho, o capacete e o regenerador de ar e imediatamente comecei a escrever esta crônica apressada na esperança de que ela possa algum dia chegar ao mundo. Encerrarei o manuscrito numa garrafa e a confiarei ao mar quando deixar o U-29 para sempre.

Não estou com medo, nem mesmo das profecias do enlouquecido Klenze. O que vi não pode ser verdade, e sei que este transtorno de minha vontade irá, quando muito, levar-me à sufocação quando o ar se esgotar. A luz no templo é pura ilusão e eu morrerei calmamente, como um alemão, nas profundezas escuras e perdidas. Este riso demoníaco que ouço enquanto escrevo vem apenas de meu próprio cérebro enfraquecido. Agora eu vestirei com cuidado o traje de mergulho e subirei corajosamente os degraus para entrar naquele templo primal, naquele segredo silente de águas insondáveis e incontáveis anos.

(1920)

O pântano Lunar

Em algum lugar, em que remota e temível região, eu não sei, Denys Barry partiu. Eu estava com ele na última noite que passou entre os homens e ouvi seus gritos quando a coisa o alcançou, mas os camponeses e a polícia do Condado de Meath jamais conseguiram encontrá-lo, nem aos outros, embora houvessem procurado até muito longe e por muito tempo. E agora eu estremeço sempre que escuto rãs coaxando nos pântanos ou vejo a lua em lugares ermos.

Conheci Denys Barry muito bem nos Estados Unidos, onde ele enriqueceu, e me congratulei com ele quando comprou de volta o velho castelo ao lado do pântano na sonolenta Kilderry. Fora de Kilderry que seu pai viera e era lá que ele pretendia desfrutar sua riqueza em meio a cenários ancestrais. Gente de seu sangue havia governado Kilderry no passado, onde ergueram e habitaram o castelo, mas aqueles tempos eram muito remotos e por várias gerações ele ficara vazio e arruinado. Depois de viajar para a Irlanda, Barry me escrevia assiduamente contando como, sob seus cuidados, o castelo cinzento fora recuperando, torre a torre, o antigo resplendor; como a hera crescera e subira lentamente pelas paredes restauradas tal qual muitos séculos antes; e como os camponeses o abençoavam por trazer de volta os velhos tempos com seu ouro de ultramar. Com o passar do tempo, porém, surgiram problemas e os camponeses deixaram de abençoá-lo e fugiram como que de uma maldição. Foi quando ele me escreveu pedindo para visitá-lo, pois se sentia sozinho no castelo, sem ter com quem conversar, salvo os novos criados e operários que trouxera do Norte.

O pântano era o motivo daqueles problemas todos, contou-me Barry na noite em que cheguei ao castelo. Desci para Kilderry num entardecer estival, com o dourado do céu iluminando o verde das colinas e bosques e o azul do pântano, onde uma ruína estranha e ancestral brilhava espectralmente sobre uma ilhota distante. Era um pôr do sol esplêndido, mas os camponeses de Ballylough me haviam prevenido sobre ele e contado que Kilderry ficara amaldiçoada, o que quase me produziu calafrios quando avistei os altos torreões do castelo de dourado-fogo. Como a ferrovia não passa por Kilderry, o carro de Barry fora me apanhar na estação de Ballylough. Os aldeões evitaram o carro e o motorista do Norte, mas sussurraram para mim com os rostos lívidos quando notaram que eu ia para Kilderry. Naquela noite, depois de nos encontramos, Barry me contou o porquê.

Os camponeses haviam fugido de Kilderry porque Denys Barry pretendia drenar o grande pântano. Com todo seu amor pela Irlanda, a América não deixara de influenciá-lo, e ele detestava o belo espaço abandonado onde poderia cortar a turfa e explorar a terra. As lendas e superstições de Kilderry não o sensibilizaram e ele riu quando os camponeses recusaram-se a ajudar, amaldiçoando-o, então, e partindo para Ballylough com seus míseros pertences quando perceberam que ele estava decidido. Para ocupar seus lugares, ele mandou vir trabalhadores do Norte, e quando os criados se foram, ele os substituiu do mesmo modo. Mas sentindo-se solitário entre estranhos, Barry pediu que eu viesse.

Quando escutei os medos que haviam expulsado as pessoas de Kilderry, ri tão alto quanto meu amigo, pois eram medos vagos, alucinados e absurdos. Tinham a ver com alguma lenda grotesca associada ao pântano e a um soturno espírito guardião que habitava a curiosa e ancestral ruína na ilhota distante que eu avistara no entardecer. Corriam histórias sobre luzes dançando na escuridão do luar e ventos gélidos em noites quentes; sobre espectros vestidos de branco pairando sobre as águas e uma fantástica cidade de pedra nas profundezas da superfície pantanosa. Mas, das fantasias exóticas, a mais notável e única em absoluta unanimidade era a da maldição que cairia sobre aquele que ousasse perturbar ou drenar o imenso e avermelhado pântano. Havia segredos, diziam os camponeses, que não deviam ser revelados; segredos que tinham ficado ocultos desde a praga que descera sobre os filhos dos partolanos nos tempos fabulosos anteriores à História. No *Livro dos invasores* conta-se que esses descendentes dos gregos foram todos sepultados em Tallaght, mas os antigos de Kilderry diziam que uma cidade fora poupada por causa da supervisão de sua deusa-lua padroeira, de forma que somente as colinas arborizadas a sepultaram quando os homens de Nemed vieram da Cítia em seus trinta navios.

Foram histórias inócuas como essa que fizeram os camponeses sair de Kilderry, e, quando as ouvi, não me surpreendeu que Denys Barry não as tivesse dado ouvidos. Ele tinha, porém, um grande interesse por coisas antigas e pretendia explorar o pântano todo quando estivesse drenado. Por diversas vezes, ele havia visitado as ruínas brancas na ilhota, mas, embora sua idade fosse muito antiga e seus contornos muito pouco parecidos com a maioria das ruínas da Irlanda, elas estavam estragadas demais para revelar seus tempos gloriosos. Agora o trabalho de drenagem estava pronto para começar e os trabalhadores do Norte logo estariam despindo o pântano proibido de seu musgo verde e sua urze vermelha, extinguindo os minúsculos regatos forrados de conchas e os plácidos poços azuis rodeados de juncos.

Depois de Barry me contar todas essas coisas, senti um grande sono, pois as andanças do dia tinham sido cansativas e meu anfitrião ficara falando até tarde da noite. Um criado conduziu-me ao meu quarto, localizado numa torre remota com vista para o vilarejo, a planície às margens do pântano e o próprio pântano; das janelas eu podia ver, banhados pelo luar, os telhados silenciosos de onde os camponeses tinham fugido e que agora abrigavam os trabalhadores do Norte, e também a igreja paroquial com seu campanário antigo, e ainda, muito ao longe, por sobre o pântano envolvente, o brilho alvacento e espectral da distante ruína antiga sobre a ilhota. No momento em que eu caía no sono, julguei ouvir sons abafados ao longe. Eram sons selvagens, quase musicais provocando uma estranha agitação que perturbou meus sonhos. Mas, quando acordei na manhã seguinte, senti que tudo não passara de um sonho, pois as visões que eu tivera eram mais fantásticas do que qualquer som de flautas bárbaras no meio da noite. Influenciada pelas lendas que Barry me havia relatado, minha mente sonolenta pairara sobre uma cidade imponente num vale verdejante, onde ruas e estátuas de mármore, vilas e templos, entalhes e inscrições, tudo falava com justa harmonia das glórias da Grécia antiga. Quando contei o sonho a Barry, ambos caímos na risada, mas fui eu quem riu mais alto, porque ele estava perplexo com o comportamento de seus trabalhadores do Norte. Era a sexta vez que todos eles haviam dormido além da hora, despertando muito devagar e atônitos, agindo como se não houvessem repousado, embora tivessem se recolhido cedo na noite anterior.

    Durante a manhã e a tarde daquele dia, eu errei sozinho pelo vilarejo dourado pelo sol, conversando de vez em quando com trabalhadores ociosos, pois Barry estava muito ocupado com os planos finais para iniciar a obra de drenagem. Os trabalhadores não pareciam muito contentes e a maioria deles incomodada por algum sonho que haviam tido, mas do qual tentavam, em vão, lembrar-se. Contei-lhes meu sonho, mas eles não ficaram interessados até eu mencionar os sons esquisitos que pensara ter ouvido. Então me olharam de maneira estranha e pareceram lembrar-se também de sons estranhos.

À noite, Barry jantou em minha companhia e anunciou o início da drenagem para dois dias depois. Fiquei contente, pois, embora não me agradasse o desaparecimento do musgo, da urze, dos regatos e dos lagos, sentia um desejo crescente de conhecer os segredos antigos que a turfa profunda e emaranhada poderia ocultar. Naquela noite, meus sonhos com sopros de flautas e peristilos de mármore encerraram-se de maneira súbita e inquietante, pois vi descer sobre a cidade do vale uma pestilência e depois uma pavorosa avalanche de lodo coberto de mato que recobriu os corpos mortos nas ruas, deixando descoberto apenas o templo de Ártemis no pico elevado onde Cleis, a idosa sacerdotisa lunar, jazia fria e silenciosa com uma coroa de marfim sobre a cabeça prateada.

Disse que acordei abruptamente e alarmado. Durante algum tempo, fiquei sem saber se estava dormindo ou acordado, pois o som de flautas ainda retinia em meus ouvidos, mas, quando notei sobre o assoalho os gélidos raios do luar e o desenho de uma janela gótica gradeada, decidi que devia estar acordado e no castelo de Kilderry. Depois ouvi um relógio de algum patamar de escada abaixo soar duas horas e soube que estava acordado. Entretanto, continuava chegando até mim aquele monstruoso e distante sopro de flauta, melodias exóticas, selvagens, que me faziam pensar em alguma dança de faunos na distante Maenalus. Ele não me deixaria dormir e, cheio de impaciência, saltei da cama e fiquei andando de um lado para outro. Foi por acaso que fui até a janela voltada ao norte e olhei para fora, para o vilarejo silencioso e a planície na beira do pântano. Querendo dormir, eu não estava com o menor desejo de encarar o lado de fora, mas as flautas me atormentavam e eu precisava fazer ou ver alguma coisa. Como poderia ter imaginado o que haveria de ver?

Lá, banhado pelo luar que se espraiava sobre a vasta planície, desenrolava-se um espetáculo que nenhum mortal, depois de vê-lo, poderia esquecer. Ao som de flautas pastoris que ecoavam sobre o pântano, deslizava, silente e misteriosa, uma multidão mesclada de figuras contorcendo-se e enrodilhando-se numa orgia como a que os sicilianos poderiam ter dançado para Deméter nos velhos tempos, sob o luar da colheita, às margens do Cyane. A extensa planície, o luar dourado, as formas obscuras movimentando-se e, acima de tudo, o arrepiante e monótono som das flautas produziram um efeito paralisante; mas, com todo o medo que tomara conta de mim, pude notar que metade daqueles incansáveis dançarinos mecânicos eram os trabalhadores que eu julgava adormecidos, e a outra metade era formada por estranhos seres airosos vestidos de branco, de uma natureza quase indefinível, mas sugerindo pálidas náiades lascivas das fontes assombradas do pântano. Não sei quanto tempo me demorei olhando solitário essa visão pela janela da torre até desmaiar subitamente num sono sem sonhos do qual fui despertado pelo sol alto da manhã.

Meu primeiro impulso ao acordar foi comunicar meus temores e observações a Denys Barry, mas, vendo a luz do sol brilhando pela janela do leste, tive a certeza de que não havia nada de real no que eu pensara ter visto. Sou dado a estranhas ilusões, mas não sou fraco a ponto de acreditar nelas; então, na ocasião, contentei-me em interrogar os trabalhadores que haviam dormido até muito tarde e não conseguiram lembrar-se de nada do que acontecera na noite anterior, exceto de sonhos vagos povoados de sons arrepiantes. Essa menção ao sopro espectral me deixou muito perturbado e fiquei tentando imaginar se os grilos do outono não poderiam ter chegado antes da época, perturbando a noite e assombrando a imaginação dos homens. Mais tarde, encontrei Barry na biblioteca estudando atentamente os planos para a grande obra que devia começar no dia seguinte e, pela primeira vez, senti um pingo daquela mesma sensação de medo que havia provocado a fuga dos camponeses. Por alguma razão que não conseguia entender, apavorava-me a ideia de perturbar o antigo pântano com seus segredos obscuros, e fiquei imaginando visões pavorosas ocultas na desmedida espessura da turfa ancestral. Pareceu-me imprudente trazer à luz aqueles segredos e tratei de procurar uma boa desculpa para sair do castelo e da aldeia. Cheguei a ponto de falar casualmente a Barry sobre o assunto, mas não ousei prosseguir quando ele soltou sua estrondosa gargalhada. Assim, estava quieto quando o sol deslumbrante pôs-se atrás das colinas distantes e o castelo de Kilderry incendiou-se de vermelho e dourado num fulgor que parecia um presságio.

Jamais saberei ao certo se os acontecimentos daquela noite foram reais ou imaginários. Eles com certeza transcenderam a tudo que já sonhamos sobre a natureza e o universo, mas nenhuma fantasia normal poderia explicar os desaparecimentos que ficaram conhecidos por todos depois que tudo acabou. Recolhi-me cedo, cheio de terror, e durante algum tempo não consegui dormir naquele soturno silêncio da torre. Estava muito escuro, pois, embora o céu estivesse descoberto, a lua seguia avançada em sua fase minguante e só surgiria nas primeiras horas da madrugada. Ali deitado, fiquei pensando em Denys Barry e no que aconteceria com o pântano quando o dia raiasse, e senti um impulso quase irresistível de sair correndo, pegar o carro de Barry e guiar como um louco até Ballylough, afastando-me daquelas terras ameaçadas. Antes que meus pavores cristalizassem-se em ação, porém, caí no sono, avistando, em sonhos, a cidade fria e morta no vale sob uma pavorosa mortalha de sombra.

Provavelmente foi o som agudo das flautas que me despertou, mas aquele som não foi o que primeiro notei ao abrir os olhos. Estava deitado de costas para a janela leste que dava para o pântano, onde a lua minguante surgiria, e esperava ver a luz projetar-se na parede oposta à minha frente, mas não esperava a visão que efetivamente se deu. A luz iluminou com efeito os painéis à frente, mas não era uma luz que pudesse ser da lua. Um feixe terrível e penetrante de fulgor escarlate cruzou a janela gótica e todo o quarto iluminou-se com resplendor intenso e sobrenatural. Minhas primeiras reações foram típicas de uma situação assim, mas é só nos contos que as pessoas agem de maneira dramática e calculada. Em vez de olhar por sobre o pântano para a fonte daquela nova luz, afastei os olhos da janela, apavorado, e me enfiei nas roupas atabalhoadamente com alguma confusa ideia de fuga. Lembro-me de ter pego o revólver e o chapéu, mas, antes de tudo terminar, eu havia perdido ambos sem atirar com um nem colocar o outro. Alguns instantes depois, o fascínio da radiação vermelha venceu o terror. Arrastei-me até a janela leste e olhei para fora enquanto o sopro ininterrupto e enlouquecedor reverberava pelo castelo e sobre todo o vilarejo.

Espalhava-se sobre o pântano um dilúvio de luz fulgurante, escarlate e sinistra, irradiando da estranha ruína na ilhota distante. O aspecto da ruína era indescritível — eu devia estar louco, pois ela parecia erguer-se imponente e intacta, esplêndida e rodeada de colunas, com o mármore esbraseado de seu entablamento perfurando o céu como o vértice de um templo no cume de uma montanha. Flautas assobiavam e tambores começaram a rufar e, olhando com espanto e terror, pensei avistar saltitantes formas escuras destacando-se grotescamente contra a vista marmórea e resplendente. O efeito era fantástico — absolutamente inimaginável —, e eu poderia ter-me quedado indefinidamente em sua admiração se não tivesse notado um crescendo das flautas à minha esquerda. Tremendo de um terror curiosamente mesclado com êxtase, atravessei o recinto circular até a janela norte, de onde podia ver o vilarejo e a planície à beira do pântano. Ali meus olhos arregalaram-se de novo com tal maravilha selvagem, como se não houvesse acabado de me afastar de uma cena muito além das fronteiras naturais, pois, na planície sinistramente vermelhada, avançava uma procissão de criaturas como jamais se viu, exceto em pesadelos.

Meio deslizando, meio flutuando no ar, os espectros do pântano vestidos de branco recuavam lentamente em direção às águas paradas e às ruínas da ilha, em formações fantásticas sugerindo alguma dança cerimonial antiga e solene. Seus braços translúcidos, agitando-se ao som do pavoroso sopro daquelas flautas invisíveis, faziam acenos de chamamento num ritmo esquisito para um grupo de trabalhadores desavorados que os seguiam, como cães, cambaleando, cegos e indiferentes, como que arrastados por uma vontade demoníaca canhestra, mas irresistível. Quando as náiades aproximaram-se do pântano, sem alterar seu curso, uma nova fileira de desgarrados cambaleantes, ziguezagueando como ébrios, saiu do castelo por alguma porta muito abaixo da minha janela, atravessou às apalpadelas o pátio e o trecho de terreno até o vilarejo para se juntar à trôpega coluna de trabalhadores na planície. Apesar da distância, pude perceber prontamente que eram os criados trazidos do Norte ao reconhecer a forma encorpada e repulsiva do cozinheiro, que, de absurda que era, havia adquirido uma dimensão trágica. O sopro das flautas era apavorante, e novamente eu pude ouvir o rufar dos tambores na direção das ruínas da ilha. Depois, tranquila e graciosamente, as náiades chegaram até a água e desfizeram-se, uma a uma, no pântano ancestral, enquanto a coluna de seguidores, sem poder controlar seus passos, chapinhou desajeitadamente atrás delas até desaparecer num minúsculo vórtice de borbulhas repulsivas que eu mal pude enxergar sob aquela luminosidade escarlate. E, quando o último errante patético, o cozinheiro gordo, afundou pesadamente naquele poço imundo, as flautas e tambores silenciaram e os magnetizantes raios vermelhos das ruínas apagaram-se instantaneamente, deixando o vilarejo maldito, solitário e desolado, sob os lívidos raios da lua que acabara de surgir.

O caos de meu estado era indescritível. Sem saber se estava louco ou são, dormindo ou acordado, fui salvo por um misericordioso torpor. Creio que fiz coisas ridículas, como rezar para Ártemis, Latona, Deméter, Perséfone e Plutão. E tudo aquilo de que me recordava de uma juventude passada entre os clássicos, veio-me aos lábios quando o horror da situação despertou minhas mais fundas superstições. Sentia que testemunhara a morte de todo um vilarejo e sabia que estava sozinho, no castelo, com Denys Barry, cuja ousadia trouxera uma maldição. Quando pensei nele, novos terrores me assediaram e caí no chão sem desmaiar, mas fisicamente imprestável. Depois senti um sopro gelado chegar da janela do leste, onde a lua havia se erguido, e comecei a ouvir os gritos no castelo muito abaixo de onde eu estava. Aqueles gritos logo atingiram uma feição e magnitude indescritíveis que me fazem desmaiar sempre que as recordo. Tudo que posso dizer é que eles vinham de algo que eu conhecera como um amigo.

Em algum instante desse momento estarrecedor, o vento frio e a gritaria devem ter me acordado, pois minha impressão seguinte é de ter percorrido ensandecido quartos e corredores às escuras, saído do castelo e cruzado o pátio para a noite hedionda. Encontraram-me, ao amanhecer, errando inconsciente perto de Ballylough, mas o que me descompensou definitivamente não foram os horrores que vira ou ouvira anteriormente. O que eu balbuciava quando saí lentamente das trevas dizia respeito a dois incidentes fantásticos ocorridos durante minha fuga: incidentes sem qualquer significado, mas que me assombram incessantemente sempre que estou sozinho em certos locais pantanosos ou sob o luar.

Fugindo daquele castelo maldito pela beira do pântano, ouvi um novo som: comum, mas diferente de tudo que eu ouvira antes em Kilderry. Nas águas estagnadas, ultimamente sem nenhuma vida animal, agora fervilhava uma horda de rãs enormes e viscosas que coaxavam estridentemente sem parar em tons estranhamente desproporcionais a seus tamanhos. Elas reluziam, verdes e inchadas, sob o luar, parecendo encarar a fonte da luz. Acompanhei o olhar de uma rã muito gorda e asquerosa e vi a segunda coisa que me perturbou o juízo.

Meus olhos pareciam distinguir, estendendo-se diretamente da estranha e antiga ruína na ilhota distante para a lua minguante, um feixe de luz fraca e bruxuleante que não refletia nas águas do pântano. E, subindo por esse pálido caminho, minha fantasia febril imaginou uma sombra esbelta retorcendo-se lentamente, uma vaga sombra contorcendo-se, como que arrastada por demônios invisíveis. Enlouquecido como eu estava, vi naquela sombra pavorosa uma monstruosa semelhança — uma caricatura nauseante, inacreditável —, uma efígie blasfema daquele que havia sido Denys Barry.

(1921)

O inominável

Estávamos sentados numa sepultura dilapidada do século XVII, no final de uma tarde de outono, no velho cemitério de Arkham, especulando sobre o inominável. Fitando o salgueiro gigante do cemitério cujo tronco havia quase se engolfado uma lápide antiga e ilegível, fiz uma observação macabra sobre os nutrientes espectrais e indizíveis que as raízes colossais deviam estar sugando daquela terra sepulcral e antiga, quando meu amigo me repreendeu por semelhante asneira dizendo-me que, como ninguém fora sepultado ali há mais de um século, não devia existir nada para nutrir a árvore que não fosse dos meios naturais. Ademais, acrescentou, minhas conversas constantes sobre coisas "inomináveis" e "indizíveis" eram um recurso muito pueril, condizente com a minha condição de escritor menor. Eu gostava de arrematar minhas histórias com sons ou suspiros que paralisavam as faculdades de meus heróis, tirando-lhes coragem, palavras ou associações de ideias para relatar o que haviam passado. Só conhecemos as coisas, dizia ele, por meio dos cinco sentidos ou de nossas intuições religiosas, razão por que era impossível referir-se a qualquer objeto ou aspecto que não pudesse ser claramente descrito pelas definições sólidas dos fatos ou pelas doutrinas apropriadas da teologia — de preferência, as dos congregacionalistas, com algumas modificações que a tradição e sir Arthur Conan Doyle pudessem fornecer.

Com esse amigo, Joel Manton, eu discutira despreocupadamente inúmeras vezes. Nascido e criado em Boston, ele era diretor do East High School e compartilhava a cegueira presunçosa da Nova Inglaterra para as nuanças sutis da vida. Era sua opinião que somente nossas experiências normais e objetivas têm algum significado estético e que não é da alçada do artista tanto provocar emoções fortes por ações, êxtases e surpresas, quanto manter um plácido interesse e apreciação pela transcrição detalhada e precisa de assuntos cotidianos. Ele fazia especial objeção à minha preocupação com as coisas místicas e incompreensíveis, pois, embora acreditasse muito mais que eu no sobrenatural, não admitiria que ele fosse suficientemente banal para um tratamento literário. Para seu raciocínio lúcido, prático e lógico, era virtualmente inacreditável que um espírito pudesse deleitar-se com fugas do ramerrão diário e recombinações originais e dramáticas de imagens geralmente lançadas pelo hábito e pela fadiga aos padrões vulgares da existência real. Para ele, todas as coisas e sentimentos tinham dimensões, propriedades, causas e efeitos determinados e, apesar de ter a vaga percepção de que a mente por vezes abriga visões e sensações de natureza bem menos geométricas, classificáveis e exploráveis, sentia-se justificado a traçar uma linha imaginária e excluir de julgamento tudo que não pudesse ser comprovado e compreendido pelo cidadão comum. Além do mais, estava quase convencido de que nada podia ser realmente "inominável". Isso não lhe parecia sensato.

Embora eu soubesse perfeitamente a inutilidade dos argumentos imaginativos e metafísicos contra a autossuficiência de um cultor ortodoxo da vida diurna, alguma coisa nas condições desse colóquio vespertino fez-me ir além da discussão usual. As lápides de ardósia em pedaços, as árvores patriarcais e os seculares telhados de duas águas da velha cidade assombrada que se espraiava ao redor, tudo combinava para me incitar o espírito em defesa de minha obra; e logo eu estava investindo no território do inimigo. Não foi muito difícil iniciar o contra-ataque sabendo que Joel Manton apegava-se, de fato, a superstições de antigos casamentos que as pessoas sofisticadas há muito superaram: crenças na aparição de pessoas moribundas em lugares distantes e nas impressões deixadas por rostos de velhos nas janelas por onde olharam a vida toda. Dar crédito a esses cochichos de velhinhas camponesas, eu insistia então, era acreditar na existência de coisas espectrais sobre a terra separadas de suas contrapartes materiais e sobreviventes a elas. Defendi a capacidade de acreditar em fenômenos fora de todas as teorias normais, pois, se um morto pode transmitir sua imagem visível ou tangível para meio mundo ou ao longo dos séculos, como seria absurdo supor que casas desertas pudessem estar repletas de coisas estranhas e sensíveis ou que velhos cemitérios fervilhassem da inteligência terrível e incorpórea de gerações? E, não podendo o espírito, a fim de causar todas as manifestações a ele atribuídas, ser contido por nenhuma lei da matéria, por que seria extravagante imaginar coisas mortas psiquicamente vivas em formas — ou ausências de formas — absoluta e assustadoramente "inomináveis" para espectadores humanos? O "senso comum" na reflexão sobre esses temas, assegurei a meu amigo com certo ardor, não passa de uma estúpida falta de imaginação e agilidade mental.

O crepúsculo adensara-se, mas nenhum de nós sentiu a menor vontade de interromper a conversa. Manton não parecia impressionado com meus argumentos, nem ansioso para refutá-los, tendo aquela confiança em suas próprias opiniões que certamente garantiam seu sucesso como professor, enquanto eu me sentia seguro demais de meus fundamentos para temer uma derrota. O crepúsculo desceu e as luzes brilhavam fracamente em algumas janelas distantes, mas nós não arredamos os pés. Estávamos confortavelmente acomodados sobre o túmulo e eu sabia que meu prosaico amigo não se importaria com a rachadura cavernosa na antiga obra de alvenaria perfurada por raízes logo atrás de nós, ou com a completa escuridão do local provocada pela presença de uma casa do século XVII, mal segura e deserta, interposta entre nós e a rua iluminada mais próxima. Ali, imersos na escuridão sobre aquela sepultura rachada ao lado da casa abandonada, seguimos conversando sobre o "inominável" e, depois de meu amigo encerrar seus escárnios, contei-lhe sobre a horrível evidência que havia por trás do meu conto que mais provocara suas zombarias.

Meu conto recebera o título "A janela do sótão" e havia sido publicado na edição de janeiro de 1922 da *Whispers*. Em muitos lugares, especialmente no Sul e na Costa do Pacífico, retiraram as revistas das prateleiras atendendo às queixas de covardes atoleimados, mas a Nova Inglaterra não se deixou impressionar, contentando-se em dar de ombros às minhas extravagâncias. A coisa, diziam, era desde o início biologicamente impossível, mais um daqueles amalucados rumores rurais que Cotton Mather havia sido suficientemente crédulo para enfiar no seu caótico *Magnalia Christi Americana*, e tão precariamente confirmada, que nem ele aventurara-se a nomear o local onde o horror acontecera. E, quanto ao modo como desdobrei os apontamentos toscos do velho místico, aquilo era impossível, típico de um escriba frívolo e especulativo! Mather realmente havia relatado o surgimento da coisa, mas ninguém, exceto um sensacionalista barato, pensaria em fazê-la crescer, espiar pela janela das pessoas à noite e esconder-se no sótão de uma casa, em carne e espírito, até alguém avistá-la à janela, séculos depois, sem saber descrever o que lhe embranquecera os cabelos. Tudo aquilo era uma grande besteira e meu amigo Manton não demorou a insistir nesse fato. Então, contei-lhe o que havia encontrado num velho diário mantido entre 1706 e 1723, desenterrado de papéis da família a pouco mais de um quilômetro do lugar onde estávamos sentados; isso, e a indubitável realidade das cicatrizes no peito e nas costas de meu antepassado que o diário descrevia. Contei-lhe também sobre o pavor de outros moradores da região e como eles foram segredados por gerações; e sobre como não fora nenhuma loucura mítica que tomara conta do menino que, em 1793, entrara numa casa abandonada para examinar certos indícios que deviam existir por lá.

Tinha sido uma coisa misteriosa — não causa espanto que alunos sensíveis se arrepiem com a era Puritana de Massachusetts. Sabe-se tão pouco sobre o que se passou abaixo da superfície — tão pouco, mas ainda assim uma pústula tão medonha quanto expele sua podridão borbulhante em ocasionais vislumbres espectrais. O terror da bruxaria é um pavoroso raio de luz sobre o que estava cozinhando nos cérebros subjugados dos homens, mas mesmo isso é uma bagatela. Não havia beleza; nenhuma liberdade — isso podemos ver pelos restos arquitetônicos e domésticos e as pregações peçonhentas dos devotos confinados. E, do interior dessa camisa de força de ferro oxidado, espreitava uma algaravia de horror, perversão e diabolismo. Aí estava, de fato, a apoteose do inominável.

Cotton Mather, naquele diabólico sexto livro que ninguém deveria ler depois de escurecer, não economizou palavras quando arrojou seu anátema. Severo como um profeta hebreu e laconicamente sereno como ninguém desde sua época poderia ser, ele contou sobre a besta que havia dado à luz aquilo que era mais que animal mas menos que um homem — a coisa com o olho manchado — e o infortunado ébrio aos gritos que haviam enforcado por ter semelhante olho. Isso tudo ele contou sem rodeios, mas sem qualquer alusão ao que veio depois. Talvez ele não soubesse, ou talvez soubesse e não ousasse contar. Outros souberam e não ousaram — não há nenhuma alusão pública aos rumores que correram sobre o cadeado na porta para as escadas do sótão da casa de um velho alquebrado, amargo e sem filhos que havia erguido uma placa de ardósia em branco ao lado de uma evitada sepultura, conquanto se possam encontrar lendas fugidias suficientes para coagular o mais fino dos sangues.

Está tudo naquele diário ancestral que encontrei; todas as insinuações silenciadas e as histórias furtivas de criaturas de olho manchado avistadas à noite em janelas ou nas campinas desertas perto dos bosques. Alguma coisa havia atacado meu antepassado na estrada escura do vale deixando-o com marcas de chifres no peito e de garras simiescas nas costas; e quando analisaram as marcas na terra pisada, descobriram pegadas nítidas de cascos bipartidos e patas vagamente antropoides. Um agente dos correios a cavalo disse ter visto, certa vez, um velho perseguindo e chamando uma coisa inominável, assustadora e saltitante, em Meadow Hill, nas horas fracamente enluaradas antes do amanhecer, e muitos creram nele. Certamente, havia um estranho falatório certa noite de 1710, quando o alquebrado velho sem filhos foi sepultado na cripta atrás de sua própria casa à vista da placa de ardósia em branco. Nunca destrancaram aquela porta do sótão, deixando a casa toda do jeito que sempre fora, temida e deserta. Quando ouviram ruídos saindo dali, as pessoas murmuraram e estremeceram, rezando para que a fechadura daquela porta de sótão resistisse. Depois, pararam de tanto esperar, quando sucedeu o horror no presbitério, não deixando uma alma viva ou intacta. Com o passar dos anos, as lendas assumiram um cunho espectral — imagino que a coisa, se era mesmo uma coisa viva, deve ter morrido. Mas a lembrança apavorante persistiu — e mais apavorante ainda por ser tão misteriosa.

Durante esse relato, meu amigo Manton fora ficando em absoluto silêncio e pude perceber que minhas palavras o impressionaram. Ele não riu quando parei, perguntando com grande seriedade sobre o menino que enlouquecera em 1793 e que presumivelmente havia sido o herói de minha ficção. Contei-lhe por que o garoto havia ido àquela casa deserta e evitada, e observei que ele devia estar interessado, pois acreditava que as janelas conservavam imagens latentes dos que se haviam sentado ao lado delas. O menino fora olhar as janelas daquele sótão terrível por causa das histórias sobre coisas que haviam sido vistas por trás delas, e voltara gritando ensandecido.

Manton ficou pensativo enquanto eu lhe contava tudo isso, mas aos poucos foi recuperando seu pendor analítico. Ele sustentou, para o bem da polêmica, que algum monstro sobrenatural devia ter realmente existido, mas lembrou-me de que mesmo a mais doentia perversão da natureza não precisava ser *inominável*, ou cientificamente indescritível. Admirei a sua lucidez e persistência e acrescentei algumas revelações que eu havia recolhido entre a gente mais idosa. Deixei claro que aquelas lendas espectrais estavam relacionadas a aparições monstruosas mais assustadoras do que qualquer coisa orgânica; aparições de formas bestiais gigantescas, às vezes visíveis, outras, apenas tangíveis, que flutuavam em noites sem luar assombrando a velha casa, a cripta atrás dela e a sepultura onde um broto de árvore havia despontado ao lado da lápide ilegível. Houvessem ou não chifrado ou sufocado pessoas até a morte, como diziam as tradições não corroboradas, aquelas aparições tinham produzido uma impressão forte e consistente e ainda eram misteriosamente temidas por nativos muito velhos, embora tivessem sido em boa parte esquecidas pelas duas últimas gerações — desaparecendo, talvez, por falta de quem nelas pensasse. Ademais, no que toca à teoria estética envolvida, se as emanações psíquicas de criaturas humanas são distorções grotescas, que representação coerente poderia expressar ou retratar uma fantasmagoria tão disforme e infame quanto o espectro de uma perversão caótica e maligna, ela própria uma mórbida blasfêmia contra a natureza? Forjada pelo cérebro morto de um pesadelo híbrido, um terror tão etéreo não constituiria, em toda sua repugnante verdade, o admirável, o estridente *inominável*?

A hora já devia estar bastante adiantada, então. Um morcego curiosamente silencioso roçou em mim e creio que também em

Manton, pois, mesmo não podendo enxergá-lo, senti quando ele agitou o braço. Então ele falou:

"Mas essa casa com a janela do sótão ainda está de pé e deserta?"

"Sim", respondi. "Eu a vi."

"E encontrou alguma coisa por lá, no sótão, ou em outro lugar?"

"Havia ossos embaixo do beiral do telhado. Podem ter sido aqueles que o menino viu. Se era uma pessoa sensível, não seria preciso mais nada atrás do vidro da janela para enlouquecê-lo. Se todos os ossos vieram da mesma criatura, esta deve ter sido uma monstruosidade histérica e delirante. Seria uma iniquidade deixar esses ossos expostos no mundo, por isso voltei com um saco e os levei até a sepultura nos fundos da casa. Havia uma fresta por onde consegui descarregá-los em seu interior. Não pense que fui um tolo. Devia ter visto aquele crânio. Tinha chifres de quatro polegadas, mas face e mandíbula como as suas e as minhas."

Finalmente pude sentir um verdadeiro calafrio percorrer Manton, que se havia aproximado até ficar bem junto de mim. Sua curiosidade, porém, era insaciável.

"E quanto às vidraças?"

"Elas se foram. Uma janela perdera todo o caixilho e em todas as outras não havia traço de vidro nas pequenas aberturas em losango. Eram desse tipo, as velhas janelas de treliça que saíram de uso antes de 1700. Não creio que tenham tido algum vidro durante um século ou mais. Talvez o garoto os tenha quebrado, se chegou tão longe; a lenda não diz."

Manton ficou novamente pensativo.

"Gostaria de ver essa casa, Carter. Onde ela fica? Com ou sem vidro, preciso explorá-la um pouco. E a sepultura onde você colocou os ossos e o outro túmulo sem inscrição... a coisa toda deve ser um bocado terrível."

"Você a viu... antes de escurecer."

Meu amigo estava mais perturbado do que eu imaginara, pois, a esse rasgo de dramaticidade inofensiva, ele teve um sobressalto, afastando-se bruscamente de mim com um grito sôfrego, descarregando a tensão que vinha contendo. Foi um grito singular e mais terrível ainda porque foi respondido. Enquanto ele ainda reverberava, ouvi um estalido cruzar a escuridão de breu e senti uma janela de treliça ser aberta na velha casa maldita perto de nós. E, como todos os outros caixilhos estavam há muito desaparecidos, sabia que só poderia tratar-se do horrível caixilho sem vidros daquela diabólica janela do sótão.

Logo depois, alcançou-nos um sopro insalubre de ar gélido e fétido daquela mesma tétrica direção, seguido de um grito lancinante bem ao meu lado, daquele repugnante túmulo fendido de homem e de monstro. No instante seguinte, fui jogado de meu pavoroso banco pela diabólica pancada de alguma titânica entidade invisível de natureza indefinida; jogado sobre a terra entranhada de raízes daquele abjeto cemitério, enquanto emergia do sepulcro um tal alarido tão abafado de suspiros e chiados que povoou minha imaginação de cegantes trevas com legiões miltonianas de malditos. Formou-se um vórtice de vento gelado e paralisante e ouviu-se logo em seguida um entrechocar de tijolos e reboco soltos, mas eu misericordiosamente desmaiei antes de saber o significado daquilo tudo.

Manton, embora seja menor do que eu, é mais forte, pois abrimos os olhos quase no mesmo instante, apesar de ele estar mais ferido. Nossos leitos estavam lado a lado e bastaram alguns segundos para percebermos que estávamos no St. Mary's Hospital. Atendentes, ávidos para refrescar nossa memória, aglomeravam-se ao redor com ansiosa expectativa, contando-nos como havíamos chegado até ali, e não demorou a sabermos que um fazendeiro nos havia encontrado, ao meio-dia, num campo deserto atrás de Meadow Hill, distante um quilômetro e meio do velho cemitério, num local onde teria existido um antigo matadouro. Manton apresentava dois ferimentos terríveis no peito e alguns cortes e arranhões menos graves nas costas. Eu não estava seriamente ferido, mas coberto de estranhos hematomas e contusões, inclusive uma marca de casco bipartido. Estava claro que Manton sabia mais do que eu, mas nada disse aos médicos perplexos e curiosos até ficar sabendo melhor o que eram nossos ferimentos. Ele contou então que um touro enfurecido nos atacara — embora fosse difícil imaginar o animal naquele lugar para responsabilizá-lo.

Depois que os médicos e as enfermeiras saíram, sussurrei-lhe uma pergunta cheia de espanto:

"Por Deus, Manton, mas *o que foi isso*? Essas cicatrizes, *foi mesmo assim*?"

E fiquei atônito demais para exultar quando ele me respondeu sussurrando algo que eu meio que esperava...

"Não... *não foi nada disso*. Estava por toda parte... uma gelatina... um lodo..., mas tinha formas, mil formas de horror além de minha recordação. Eram olhos... e uma mancha. Era o inferno... o vórtice... a abominação final. Carter, *era o inominável*!"

(1923)

O intruso

> *That night the Baron dreamt of many a woe;*
> *And all his warrior-guests, with shade and form*
> *Of witch, and demon, and large coffin-worm,*
> *Were long be-nightmared.*
> Keats[1]

Pobre de quem da infância se lembra apenas de seus medos e tristezas. Infeliz daquele que recorda as horas solitárias em salas vastas e sombrias com reposteiros marrons e loucas fileiras de livros arcaicos, ou as vigílias apavoradas nos bosques crepusculares de árvores imensas, grotescas, entulhadas de trepadeiras cuja rama entrelaçada agita-se silenciosa em alturas longínquas. Tal sina, reservaram-me os deuses — a mim, o aturdido, o frustrado, o estéril, o prostrado. E, no entanto, me alegro e me aferro com voracidade a essas memórias fanadas quando meu espírito ameaça por um momento se atirar para *o outro*.

Não sei onde nasci, exceto que o castelo era muitíssimo velho e medonho, repleto de passagens sombrias e com tetos altos, onde tudo o que os olhos podiam encontrar eram teias de aranha e sombras. As pedras dos corredores em ruínas pareciam estar sempre úmidas demais e um cheiro execrável espalhava-se por tudo, como se exalasse dos cadáveres empilhados das gerações passadas. Estava sempre escuro e eu costumava acender velas

---

[1] *Naquela noite o barão sonhou muitas desgraças;/ E todos os seus hóspedes-guerreiros, com sombra e espectro/ De feiticeiro e demônio, e um grande verme secreto,/ Por muito tempo foram pesadelos.* Versos do poema "The Eve of St. Agnes", de John Keats (1795-1821), considerado o último poeta romântico inglês. (N.T.)

e olhar fixamente para elas em busca de consolo, e o sol não brilhava no lado de fora, com aquelas árvores terríveis elevando-se acima da mais alta torre acessível. Havia uma torre escura que subia além da copa das árvores, para o céu desconhecido exterior, mas uma parte dela havia ruído e não se podia galgá-la, senão escalando as paredes abruptas, pedra por pedra.

Devo ter morado muitos anos neste lugar, mas não posso medir o tempo. Criaturas devem ter cuidado de minhas necessidades, mas não consigo lembrar-me de ninguém, além de mim, ou de qualquer coisa viva, além dos ratos, aranhas e morcegos silenciosos. Imagino que o ser que cuidou de mim deve ter sido terrivelmente idoso, pois minha primeira noção de um ser vivo era algo parecido comigo, mas deformado, enrugado e decadente como o castelo. Para mim, nada havia de bizarro nos ossos e esqueletos que se espalhavam por algumas criptas de pedra no recesso das fundações; em imaginação, eu associava essas coisas à vida cotidiana e as considerava mais naturais que as ilustrações coloridas de seres vivos que encontrava em muitos daqueles livros bolorentos. Nesses livros, aprendi tudo que sei. Nenhum professor me estimulou nem orientou, e não me recordo de ter ouvido alguma voz humana naqueles anos todos — nem sequer a minha própria, pois, apesar de falar em pensamento, jamais tentei falar em voz alta. Minha aparência era também inimaginável, pois, não havendo espelhos no castelo, eu me considerava, por instinto, parecido com as imagens de jovens que via desenhadas ou pintadas nos livros. Tinha consciência de ser jovem porque minhas recordações eram ínfimas.

No exterior, além do fosso pútrido sob as soturnas, silenciosas árvores, eu muitas vezes me deitava e sonhava durante horas sobre o que lera nos livros; e em sonhos me imaginava em meio às multidões alegres no mundo ensolarado além da floresta interminável. Certa vez, tentei escapar da floresta, mas, à medida que fui afastando-me do castelo, a escuridão foi se adensando, o ar enchendo-se de horrores e voltei numa correria vertiginosa temendo perder-me num labirinto de trevas silenciosas.

E assim, durante crepúsculos intermináveis, eu sonhei e esperei, embora não soubesse pelo quê. Foi então que, na lúgubre solidão, meu anseio por luz tornou-se de tal forma arrebatador, que eu já não conseguia repousar e erguia as mãos em súplica para a única torre negra em ruínas que se erguia além da floresta para o invisível céu exterior, até que resolvi, enfim, escalar aquela torre, apesar do risco de despencar; era melhor vislumbrar o céu e morrer do que viver sem jamais ter avistado o dia.

No úmido crepúsculo, eu galguei a escada de pedra gasta e envelhecida até a altura onde ela terminava e dali para a frente me sustive, com grande risco, em pequenos apoios para os pés que conduziam para cima. Pavoroso e terrível era aquele morto cilindro de rocha e sem escada; escuro, arruinado, deserto e sinistro, com morcegos espantados esvoaçando com asas silenciosas. Mais pavorosa e terrível ainda era a lentidão de meu progresso. Por mais que subisse, a escuridão ao alto não se dissipava e uma nova friagem, como que de um mofo entranhado e venerável, assediava-me. Estremeci ao imaginar por que não avistava a luz e teria olhado para baixo se ousasse. Imaginei aquela escuridão descendo abruptamente sobre mim e tateei em vão com a mão livre procurando uma fresta de janela por onde pudesse espiar para fora e para o alto, tentando avaliar a altura a que chegara.

De repente, depois de um infinito arrastar às escuras por aquele precipício côncavo e desesperador, senti minha cabeça tocar num objeto sólido e percebi que havia atingido o teto, ou, pelo menos, algum tipo de piso. No escuro, ergui a mão livre e testei o obstáculo, percebendo que era de pedra e inamovível. Logo em seguida, iniciei um giro mortal da torre, agarrando-me a toda saliência que o paredão escorregadio me pudesse oferecer, até que a minha mão investigadora sentiu o obstáculo ceder e tentei retomar a subida empurrando a laje ou porta com a cabeça, usando as duas mãos na temerária escalada. Acima, não havia nenhuma luz visível, e quando minhas mãos avançaram mais um pouco, percebi que ainda não seria daquela vez o desfecho de minha escalada, pois a laje era o alçapão de uma passagem que conduzia a uma superfície plana de pedra cuja circunferência era maior do que a parte inferior da torre, com certeza o piso de alguma câmara de observação elevada e espaçosa. Arrastei-me cuidadosamente pela passagem tentando impedir que a pesada laje caísse de novo no lugar, mas falhei nesta última tentativa. Deitado exausto sobre o chão de pedra, ouvi os lúgubres ecos de sua queda, mas pensei que, quando fosse necessário, poderia erguê-la de novo.

Acreditando ter chegado a uma altura prodigiosa, muito acima das malditas árvores da floresta, levantei-me do chão com dificuldade e sai tateando à procura de janelas por onde pudesse olhar, pela primeira vez, o céu, a lua e as estrelas sobre os quais havia lido. Mas, de todos os lados, a tentativa foi baldada. Tudo que encontrei foram enormes prateleiras de mármore sustendo caixas oblongas e repulsivas cujo tamanho me inquietou. Mais e mais eu refletia e tentava imaginar que segredos veneráveis poderiam abrigar-se nessa câmara elevada, isolada durante tantos séculos do castelo abaixo. Então, de repente, minhas mãos deram com uma passagem bloqueada por um portal de pedra decorado com curiosos entalhes cinzelados. Experimentando-a, percebi que estava trancada, mas com um esforço supremo superei todos os obstáculos e forcei-a para dentro. Ao fazê-lo, fui tomado pelo mais puro êxtase que já conhecera, pois, brilhando mansamente através de uma grade de ferro trabalhado e um curto lance de degraus de pedra descendente, lá estava a lua, cheia e radiante, que eu jamais vira, exceto em sonhos e em nebulosas visões que nem sequer ousaria chamar de lembranças.

Imaginando ter chegado ao topo do castelo, comecei a subir às pressas os poucos degraus além da porta, mas uma nuvem encobriu de repente a lua, fazendo-me tropeçar e prosseguir com maior vagar na escuridão. Ainda estava muito escuro quando atingi a grade — que experimentei com cuidado e descobri que estava destrancada, mas que não abri temendo cair da altura espantosa a que havia chegado. A lua, então, ressurgiu.

O mais infernal de todos os choques é aquele entre o abismalmente inesperado e o inacreditável grotesco. Nada do que eu sofrera poderia comparar-se ao horror que agora presenciava, com as aberrações maravilhosas que aquela visão provocava. A visão em si era ao mesmo tempo banal e estarrecedora, pois se tratava do seguinte: em vez de uma perspectiva estonteante de copas de árvores vistas de uma altura imponente, estendia-se ao meu redor além da grade nada menos que *o terreno sólido*, ornamentado e dividido por placas e colunas de mármore e dominado por uma antiga igreja de pedra cujo cone em ruínas reluzia pálido ao luar.

Sem me dar conta de meus atos, abri a grade e saí cambaleando, pelo caminho de cascalho branco que se estendia em duas direções. Minha mente, por mais atônita e caótica que estivesse, conservava a obstinada avidez pela luz e nem mesmo o prodígio fabuloso que acontecera poderia conter meu ímpeto. Eu não sabia, nem me importava em saber, se a minha experiência era fruto de insânia, sonho ou magia, determinado como estava a fitar o esplendor e a alegria a qualquer custo. Eu não sabia quem, ou o quê, eu era, ou ainda em que consistia tudo aquilo ao meu redor, mas, enquanto avançava aos tropeços, fui tomando consciência de uma recordação latente e alarmante que, de certa forma, cadenciou os meus passos. Passei por baixo de um arco dessa região forrada de lajes e colunas e errei pelo campo aberto, seguindo, às vezes, pela estrada visível, outras, a deixando e caminhando pelos prados onde ruínas esparsas sugeriam a presença antiga de uma estrada abandonada. A certa altura, cruzei a nado um rio caudaloso onde ruínas de alvenaria cobertas de musgo sugeriam uma ponte há muito desaparecida.

Duas horas devem ter transcorrido até eu alcançar o que parecia ser o meu destino, um venerável castelo coberto de hera no meio de um parque arborizado, curiosamente familiar, mas que ainda assim me causou uma intrigante perplexidade. Notei que o fosso estava cheio e que algumas daquelas torres bastante conhecidas estavam em ruínas, e que havia novas alas para confundir o observador. Mas o que observei com especial interesse e satisfação foram as janelas abertas — profusamente iluminadas e deixando escapar os sons da mais alegre das orgias. Aproximando-me de uma delas, olhei para dentro e vi um grupo de pessoas em trajes bizarros divertindo-se e conversando com animação. Aparentemente, eu jamais tinha ouvido uma fala humana e só poderia supor vagamente o que estavam dizendo. Algumas feições me sugeriram recordações muito remotas, outras me eram por completo estranhas.

Saltei então pela janela baixa para dentro do salão resplendente, saindo, assim, do meu único momento luminoso de esperança para a mais negra comoção de desespero e percepção. O pesadelo caiu como um raio, pois, mal havia entrado, presenciei uma das mais terrificantes demonstrações que jamais imaginei. Assim que cruzei o peitoril, o grupo todo caiu num estado de terror súbito e inesperado de tremenda intensidade, que fazia os rostos contraírem-se e provocava gritos apavorados em quase todas as gargantas. A debandada foi geral e, em meio ao clamor e ao pânico, muitos perderam os sentidos e foram arrastados pelos enlouquecidos companheiros em fuga. Vários taparam os olhos com as mãos, atirando-se numa correria cega e desajeitada para escapar, contornando móveis e chocando-se contra as paredes até conseguirem alcançar uma das muitas portas.

Os gritos eram apavorantes, e quando fiquei sozinho e atônito no salão brilhante ouvindo seus ecos desvanecendo, estremeci imaginando o que poderia estar invisível à espreita, ao meu lado. À primeira vista, o salão me pareceu deserto, mas quando caminhei na direção de uma das alcovas, pensei ter vislumbrado ali uma presença — uma sugestão de movimento além da passagem em arco dourada que conduzia para um salão parecido com o primeiro. Aproximando-me do arco, comecei a perceber melhor aquela presença e, então, com o primeiro e último som que jamais proferi — um uivo pavoroso que me causou quase tanta repugnância quanto a coisa medonha que o causara —, enxerguei, com plena e apavorante nitidez, a inconcebível, indescritível e indizível monstruosidade que, com sua simples aparição, havia transformado um grupo alegre numa horda de fugitivos delirantes.

Não posso sequer sugerir com o que ela se parecia, pois era uma combinação de tudo que é impuro, repugnante, repudiado, anormal e odioso. Era a sombra espectral de decadência, antiguidade e dissolução, o pútrido, gotejante espectro de uma revelação doentia, o horrível desnudamento daquilo que a terra misericordiosa deveria para sempre ocultar. Deus sabe que aquilo não era deste mundo — ou que pelo menos já não era mais deste mundo —, mas, para meu horror, eu percebi em seu perfil carcomido, com os ossos à mostra, e no traço malicioso de seu olhar, uma abominável caricatura da forma humana; e em suas roupas mofadas, em frangalhos, uma qualidade indescritível que me arrepiou ainda mais.

Aquilo quase me paralisou, mas não foi o bastante para eu não esboçar uma débil tentativa de fuga, um salto para trás que não conseguiu quebrar o encanto com que o monstro inominável e silencioso me prendia. Meus olhos, enfeitiçados pelos globos oculares vidrados que os fitavam de maneira asquerosa, não queriam fechar-se, embora uma piedosa turvação só me permitisse ver indistintamente o terrível objeto depois do primeiro choque. Tentei erguer a mão e tapar os olhos, mas tinha os nervos tão abalados, que o braço não obedeceu totalmente à minha vontade. A tentativa, porém, foi quanto bastou para me perturbar o equilíbrio, e precisei dar vários passos cambaleantes para a frente para não cair. Quando fiz isso, tive uma súbita e dolorosa consciência da *proximidade* da coisa sepulcral, meio que imaginei ouvir a sua respiração cava e repulsiva. Quase enlouquecido, consegui mesmo assim estirar a mão para espantar a fétida aparição que estava tão perto, quando, num segundo cataclísmico de pesadelo cósmico e acidente infernal, *meus dedos tocaram a pata putrefata do monstro, estendida sob o arco dourado.*

Eu não gritei, mas todos os fantasmas demoníacos que cavalgam o vento noturno uivaram por mim quando, naquele mesmo instante, desabou sobre a minha mente uma avalanche única e fugaz de memória de aniquilar a alma. Eu percebi naquele instante tudo o que havia acontecido; minhas recordações foram além do assustador castelo e das árvores, e reconheci o edifício modificado onde eu estava agora; reconheci, o que foi mais terrível de tudo, a ímpia abominação que eu tinha à minha frente enquanto afastava meus dedos imundos dos seus.

Mas no cosmos, há sofrimento e há bálsamo. E esse bálsamo é nepente. No supremo terror daquele instante, esqueci-me do que me havia horrorizado e o surto de negra recordação desfez-se num pandemônio de imagens reverberantes. Num sonho, fugi daquele edifício assombrado e maldito, e célere corri, em silêncio, sob o luar. Retornando ao cemitério de mármore, desci os degraus e descobri que não conseguiria mover o alçapão de pedra, mas isso não me aborreceu, porque eu detestava aquele castelo antigo e aquelas árvores. Agora eu cavalgo com os fantasmas amáveis e zombeteiros ao vento noturno e brinco durante o dia entre as catacumbas de Nephren-Ka no vale oculto e proibido de Hadoth, à margem do Nilo. Sei que aquela luz não é para mim, exceto a da lua sobre as sepulturas de pedra do Neb, bem como nenhuma alegria, salvo as indescritíveis orgias de Nitocris sob a Grande Pirâmide; mas, em minha nova selvageria e liberdade, eu quase que agradeço a amargura da alienação.

Pois, embora nepente me tenha acalmado, sempre saberei que sou um intruso, um estranho neste século e entre os que ainda são homens. Isso, eu soube desde que estendi meus dedos para a abominação no interior da enorme moldura dourada; estendi meus dedos e toquei *uma superfície fria e sólida de vidro polido*.

(1921)

A Sombra Sobre Innsmouth

I

Durante o inverno de 1927-28, autoridades do governo federal fizeram uma investigação estranha e secreta sobre determinadas condições na antiga cidade portuária de Innsmouth em Massachusetts. O público tomou conhecimento do fato em fevereiro, depois de uma extensa série de batidas policiais e prisões, seguidas da explosão e queima deliberadas — tomadas as devidas precauções — de um número imenso de casas arruinadas, carcomidas e supostamente vazias na orla marítima abandonada. As almas pouco curiosas tomaram essas ocorrências como mais um grande enfrentamento da guerra intermitente contra as bebidas alcoólicas.

Os leitores de jornais mais sagazes, porém, espantaram-se com o número prodigioso de prisões, a extraordinária força policial mobilizada para o feito e o sigilo que cercou a acomodação dos detidos. Nada foi noticiado sobre julgamentos ou acusações definidas, e nenhum cativo foi visto depois dos incidentes em qualquer prisão regular do país. Correram rumores sobre doenças e campos de concentração e, mais tarde, sobre a dispersão de pessoas por vários presídios navais e militares, mas jamais veio à luz alguma coisa positiva. Innsmouth ficou quase deserta, e mesmo agora está apenas começando a mostrar sinais muito lentos de reanimação.

Com os protestos das muitas organizações liberais, fizeram-se longas discussões secretas, e alguns representantes foram levados a passeio a certos campos e presídios. O surpreendente é que, depois disso, essas sociedades se mostraram passivas e reticentes. As autoridades tiveram mais dificuldade para lidar com os jornalistas, mas estes, no geral, pareceram cooperar com o governo no final. Somente um jornal, um tabloide não muito respeitado em virtude de sua política sensacionalista, mencionou o submarino de águas profundas que lançou torpedos no precipício marinho pouco além do Devil Reef. Essa notícia, recolhida por acaso num antro de marinheiros, pareceu, com efeito, muito exagerada, pois o recife baixo e negro fica em mar aberto, a dois quilômetros e meio do porto de Innsmouth.

Moradores de toda a região e de cidades vizinhas cochicharam muito entre si, mas disseram muito pouco às pessoas de fora. Falaram da moribunda e praticamente deserta Innsmouth por quase um século, e nada de novo poderia ser mais monstruoso ou desnorteante do que aquilo que já haviam cochichado e insinuado anos antes. Muitas coisas, assim, lhes haviam ensinado a serem discretos, e não tinha a menor justificativa para pressioná-los. Além disso, eles sabiam de fato muito pouco, pois pântanos enormes, salgados, desolados e desertos mantinham os vizinhos afastados de Innsmouth pelo lado do continente.

Mas eu vou desafiar, enfim, o silêncio que se impôs sobre esse assunto. As conclusões, estou certo, são tão cabais, que nenhum dano público, salvo um tremor de repugnância, poderá advir daquilo que aqueles policiais horrorizados encontraram em Innsmouth durante a sua batida. Além do mais, o que foi encontrado pode ter mais de uma explicação possível. Não sei quanto da história toda me foi contado, e tenho minhas razões para não querer ir mais fundo na questão. Isso porque meu contato com o caso foi mais curto que o de qualquer outro leigo, e ele me deixou impressões que ainda me levarão a tomar medidas drásticas.

Fui eu quem fugiu desvairado de Innsmouth na madrugada de 16 de julho de 1927, e cujos apelos apavorados à realização de um inquérito e medidas do governo provocaram todo o episódio noticiado. Preferi ficar calado enquanto o caso estava fresco e indefinido, mas agora que ele se tornou uma história antiga, passado o interesse e a curiosidade públicas, sinto um estranho anseio de confidenciar sobre aquelas poucas horas apavorantes no porto lúgubre e mal-afamado de anomalias blasfemas e fatais. O mero fato de contar me ajuda a recuperar a confiança em minhas faculdades mentais, a me tranquilizar de que não fui o primeiro que sucumbiu a uma alucinação de pavor contagiante. Ajuda-me, também, na decisão sobre uma certa ação terrível que terei de empreender.

Eu nunca ouvira falar de Innsmouth até o dia que a vi pela primeira e — até agora — última vez. Estava comemorando minha maioridade em uma excursão pela Nova Inglaterra — com fins turísticos, antiquários e genealógicos — e planejara ir diretamente da velha Newburyport a Arkham, de onde saíra a família de minha mãe. Não possuía carro e estava viajando de trem, bonde e ônibus, procurando sempre o itinerário mais barato. Em Newburyport, disseram-me que o trem a vapor era o qual se podia tomar para Arkham, e foi só na bilheteria da estação, quando hesitei com o preço da tarifa, que fiquei sabendo de Innsmouth. O agente corpulento, com expressão astuta e um modo de falar que não era da região, simpatizou com meus esforços de economia e me fez uma sugestão que nenhum de meus outros informantes oferecera.

"Você podia pegar o velho ônibus, acho eu", disse ele com certo vacilo, "mas ele não é muito usado por aqui. Passa por Innsmouth, você deve ter ouvido, e por isso as pessoas não gostam dele. Quem guia é um sujeito de Innsmouth, Joe Sargent, mas ele nunca pega nenhum passageiro daqui ou de Arkham, eu acho. É um espanto que continue rodando. Acho que é bem barato, mas nunca vi mais de duas ou três pessoas nele; ninguém, fora aquela gente de Innsmouth. Sai da praça, da frente da Farmácia Hammond's, às 10 da manhã e às 7 da noite, se não mudou recentemente. Parece uma maldita ratoeira, nunca entrei nele."

Essa foi a primeira vez que ouvi falar na misteriosa Innsmouth. Qualquer referência a uma cidade inexistente em mapas comuns ou não listada nos guias recentes ter-me-ia interessado, e a estranha maneira alusiva do funcionário despertou em mim uma verdadeira curiosidade. Uma cidade capaz de inspirar tal aversão em seus vizinhos, pensei, devia ser pelo menos incomum e merecedora do interesse de um turista. Se ficasse antes de Arkham, eu desceria lá — por isso pedi que o funcionário me contasse alguma coisa sobre ela. Ele era muito ponderado e falava com um ar de sentimento ligeiramente superior ao que dizia.

"Innsmouth? Bem, é uma cidadezinha muito da estranha abaixo da foz do Manuxet. Era quase uma cidade, um porto e tanto antes da guerra de 1812, mas tudo foi ficando muito arruinado nos últimos cem anos. Não tem mais a ferrovia, a B.&M. nunca passou por lá e o ramal de Rowley foi abandonado anos atrás.

"Mais casas vazias do que gente por lá, eu acho, e sem comércio digno de menção, fora a pesca de peixes e lagostas. Todos negociam, no geral, aqui, em Arkham ou em Ipswich. Eles já tiveram algumas fábricas, mas agora não resta nada, exceto uma refinaria de ouro funcionando de maneira bem precária.

"Essa refinaria, porém, era grande e o velho Marsh, o dono, deve ser mais rico do que Creso. Velhote estranho, eu acho. Fica sempre trancado em sua casa. Acham que ele pegou alguma doença de pele ou deformidade depois de velho, que o obriga a se ocultar. Neto do capitão Obed Marsh, que fundou o negócio. Sua mãe parece ter sido uma espécie de estrangeira, dizem que uma insulana dos Mares do Sul, pois houve muito falatório quando ele se casou com uma garota de Ipswich há cinquenta anos. Sempre fazem isso com a gente de Innsmouth, e os rapazes da região sempre tentam esconder que têm algum sangue de Innsmouth nas veias. Mas os filhos e netos de Marsh se parecem com qualquer um, até onde eu posso perceber. Já me apontaram eles por aqui, mas, quando penso nisso, os filhos mais velhos não têm andado muito por aqui nos últimos tempos. O velho, eu nunca vi.

"Por que todo mundo cai em cima de Innsmouth? Bem, meu rapaz, você não deve levar muito a sério o que as pessoas daqui dizem. Elas são duras de começar, mas, quando começam, não param mais. Elas vêm contando coisas sobre Innsmouth (em geral, aos cochichos) nos últimos cem anos, eu acho, e imagino que elas têm mais medo que outra coisa. Algumas dessas histórias fariam você dar risada: sobre o velho capitão Marsh fazendo pactos com o diabo e trazendo duendes do inferno para viverem em Innsmouth, ou sobre uma espécie de adoração do diabo e sacrifícios pavorosos em algum lugar perto do cais que derrubaram por volta de 1845. Mas eu sou de Panton, em Vermont, e esse tipo de história não faz minha cabeça.

"Mas você devia ouvir o que uns velhos contam sobre o recife escuro ao largo da costa. Devil Reef, é assim que eles chamam. Fica bem acima da água uma boa parte do tempo e nunca muito abaixo dela, mas nem por isso se devia chamar aquilo de uma ilha. A história é que toda uma legião de demônios é avistada, às vezes, em cima daquele recife, espalhada sobre ele ou entrando e saindo de umas espécies de cavernas perto do topo. É uma coisa escarpada, irregular, a um bocado mais de um quilômetro de distância, e no final dos tempos da navegação os marinheiros costumavam fazer grandes desvios só para evitá-la.

"Isto é, os marinheiros que não eram de Innsmouth. Uma coisa que eles tinham contra o velho capitão Marsh é que ele, como se dizia, desembarcava no recife, às vezes, durante a noite, quando a maré estava de jeito. Talvez ele fizesse isso, pois ouso dizer que a conformação do rochedo é interessante, e é muito possível que ele estivesse procurando tesouros de piratas e talvez os encontrando; mas corriam boatos de que ele fazia pactos com demônios por lá. O fato é que, conforme eu penso, foi o capitão que deu mesmo a má reputação ao recife.

"Isso foi antes da grande epidemia de 1846, quando mais da metade da população de Innsmouth foi levada deste mundo. Eles nunca souberam direito o que era, mas decerto foi algum tipo de doença estrangeira trazida da China ou de outro lugar pela navegação. Foi realmente dureza, houve tumultos por causa dela, e toda sorte de coisas horríveis que acredito nunca saíram da cidade, e ela deixou o lugar em péssimo estado. Nunca voltou, não deve haver mais de 300 ou 400 pessoas vivendo por lá agora.

"Mas a verdade por trás do sentimento das pessoas é simples preconceito racial, e não digo que culpo quem tenha realmente. Eu mesmo detesto essa gente de Innsmouth, e não me daria ao trabalho de ir à sua cidade. Imagino que saiba, mesmo percebendo que você é do Oeste pelo modo de falar, da montoeira de nossos navios da Nova Inglaterra que costumava negociar nos portos exóticos da África, da Ásia e dos Mares do Sul, e todo o resto, e os tipos estranhos que eles traziam de volta. Você deve ter ouvido falar do homem de Salem que voltou para casa com uma esposa chinesa e talvez saiba que ainda existe um grupo das Ilhas Fiji vivendo perto do Cape Cod.

"Bem, deve haver alguma coisa assim por trás da gente de Innsmouth. O lugar sempre ficou muito isolado do resto do país por pântanos e córregos, e não se pode ter muita certeza sobre os prós e os contra do assunto, mas está muito claro que o velho capitão Marsh deve ter trazido para casa alguns espécimes estranhos quando estava com seus três navios em operação nos anos 20 e 30. Com certeza tem algum tipo de vestígio estranho nos moradores de Innsmouth de hoje. Não sei como explicar isso, mas meio que faz a gente arrepiar. Você vai notar um pouco no Sargent se tomar o ônibus dele. Alguns têm a cabeça estreita com nariz chato e carnudo, olhos saltados que parecem que nunca se fecham, e a pele deles não é muito definida: áspera e escariosa; e os lados dos pescoços são enrugados ou pregueados. Eles também ficam calvos muito cedo. Os mais velhos são os que têm a pior aparência. O fato é que não acredito que jamais tenha visto um velho daquele jeito. Acho que eles morrem só de se olhar no espelho! Os animais detestam eles, costumavam ter muito trabalho com os cavalos antes de aparecerem os automóveis.

"Ninguém daqui, nem de Arkham, nem de Ipswich quer nada com eles e eles são um pouco retraídos quando vêm à cidade ou quando alguém tenta pescar no seu território. É curioso como os peixes se amontoam perto do porto de Innsmouth quando não são vistos em nenhuma outra parte ao redor. Mas nem tente pescá-los ali que os caras vão expulsá-lo! Essa gente costumava vir até aqui de trem; caminhavam e tomavam o trem em Rowley depois que o ramal foi fechado, mas agora eles usam esse ônibus.

"Sim, há um hotel em Innsmouth, chama-se Gilman House, mas não acho que valha grande coisa. Eu não o aconselharia a experimentá-lo. Melhor ficar por aqui e pegar o ônibus das 10 amanhã de manhã; depois você pode tomar o ônibus noturno de lá para Arkham às 8 da noite. Teve um inspetor de fábrica que parou no Gilman há uns dois anos e teve uma porção de indícios suspeitos sobre o lugar. Parece que eles juntam uma multidão estranha por lá. Pois esse sujeito ouviu vozes em outros quartos, mesmo com a maioria deles vazios, que lhe deram arrepios. Ele achou que era uma língua estrangeira, mas disse que o ruim mesmo era um tipo de voz que falava de vez em quando. Ela soava tão estranha, meio lamacenta, conforme disse, que ele nem ousou tirar a roupa e dormir. Ficou esperando acordado e deu o fora às pressas assim que amanheceu. A conversa prosseguiu durante a noite toda quase.

"Esse sujeito, Casey era o seu nome, tinha muito o que contar sobre o jeito que os caras de Innsmouth olhavam para ele e pareciam ficar como que em guarda. Ele achou a refinaria de Marsh um lugar muito estranho. Fica numa velha fábrica ao lado das quedas menores do Manuxet. O que ele disse bateu com o que eu ouvi. Livros malcuidados e nenhuma contabilidade clara de qualquer tipo de transação. Você sabe, sempre foi um mistério o lugar onde os Marsh arranjam o ouro para refinar. Eles nunca pareceram comprar muita coisa nessa linha, mas alguns anos atrás embarcaram uma quantidade enorme de lingotes.

"Comentavam por aí sobre uns tipos estranhos de joias estrangeiras que os marinheiros e os trabalhadores da refinaria vendiam às vezes, de maneira clandestina, ou que foram vistas uma ou duas vezes em mulheres dos Marsh. Diziam que o velho capitão Obed talvez as houvesse comprado em algum porto pagão, em especial porque ele sempre encomendava uma montanha de contas de vidro e bijuterias como as que os homens do mar costumavam levar para negociar com nativos. Outros achavam, e ainda acham, que ele encontrou um velho tesouro de pirata no Devil Reef. Mas tem uma coisa engraçada: o velho capitão já morreu há sessenta anos, e não tem saído um navio de bom tamanho do lugar desde a Guerra Civil, mas os Marsh continuam comprando um pouco dessas mercadorias nativas, na maior parte bugigangas de vidro e de borracha, conforme me disseram. Talvez os caras de Innsmouth gostem de se enfeitar com elas. Deus sabe se eles não ficaram tão ruins quanto os canibais dos Mares do Sul e os selvagens da Guiné.

"Aquela peste de 46 deve ter varrido o sangue melhor do lugar. Seja como for, eles agora são uma gente suspeita, e os Marsh e outros caras ricos não prestam como qualquer outro. Como eu disse, é provável que não haja mais de 400 pessoas na cidade toda, apesar de todas as ruas que dizem existir. Acho que eles são o que chamam de 'lixo branco' lá no Sul: malfeitores e manhosos, e cheios de coisas secretas. Eles pescam muito peixe e lagosta que exportam de caminhão. Estranho como os peixes se amontoam por lá e em outros lugares não.

"Ninguém consegue manter o controle daquela gente e os funcionários da escola estadual e os recenseadores passam um tempo dos diabos. Pode apostar que forasteiros curiosos não são bem-vindos em Innsmouth. Eu ouvi, em pessoa, sobre mais de um negociante ou funcionário público que desapareceu por lá, e corre por aí uma história sobre um cara que ficou louco e está em Danvers agora. Eles devem ter dado um susto terrível naquele sujeito.

"É por isso que eu não iria à noite se fosse você. Nunca estive lá e nem quero ir, mas acho que uma viagem durante o dia não vai machucar, mesmo que as pessoas por aí o aconselhem a não ir. Se está apenas a passeio e procurando velharias, Innsmouth deve ser um lugar e tanto para você."

E assim passei parte daquela noite na biblioteca pública de Newburyport pesquisando dados sobre Innsmouth. Quando tentei interrogar os nativos nas lojas, lanchonetes, garagens e no Corpo de Bombeiros, achei-os ainda mais difíceis de auxiliarem-me do que o bilheteiro havia previsto, e percebi que não devia perder tempo tentando vencer sua retração instintiva. Eles tinham uma espécie de vaga desconfiança, como se houvesse algo errado em alguém se interessar demais por Innsmouth. Na Y.M.C.A., onde me alojei, o funcionário limitou-se a desencorajar minha ida a um lugar tão soturno e decadente, e o pessoal da biblioteca teve uma atitude idêntica. Com certeza, no entender das pessoas instruídas, Innsmouth não passava de um caso extremo de degeneração cívica.

As histórias do Condado de Essex nas estantes da biblioteca tinham muito pouco a dizer, salvo que a cidade fora fundada em 1643, era notória pela construção naval antes da Revolução, um local de grande prosperidade naval no começo do século XIX e, mais tarde, um centro fabril que usava o Manuxet como fonte de energia. A epidemia e os tumultos de 1846 eram poucas vezes mencionados, como se fossem um demérito para o condado.

As referências ao declínio eram poucas, embora o significado do último registro fosse inconfundível. Depois da Guerra Civil, toda a vida industrial ficara restrita à Marsh Refining Company e a comercialização de lingotes de ouro constituía o único comércio importante que restou além da eterna pesca. A pesca foi se tornando cada vez menos rendosa à medida que o preço da mercadoria caía e corporações de pesca em larga escala passaram a competir, mas nunca houve escassez de peixes nas imediações do porto de Innsmouth. Era raro forasteiros estabelecerem-se por lá, e havia algumas evidências veladas de que certo número de poloneses e portugueses que tentaram tinham sido dispersos de uma maneira muito drástica.

O mais interessante de tudo foi uma referência visual às curiosas joias associadas a Innsmouth. Elas com certeza tinham impressionado muito toda a região, pois havia menções a exemplares delas no museu da Universidade de Miskatonic em Arkham e na sala de exposição da Newburyport Historical Society. As descrições fragmentárias dessas coisas eram pobres e prosaicas, mas me incutiram uma sensação persistente de estranheza. Havia algo de tão estranho e provocador nelas, que não consegui tirá-las da cabeça e, apesar da hora avançada, resolvi ver a amostra local — que, conforme diziam, era um objeto grande, de proporções singulares, decerto para ser usado como tiara — se ainda houvesse possibilidade.

O bibliotecário deu-me um bilhete de apresentação ao curador da Sociedade, uma certa srta. Anna Tilton, que vivia nas vizinhanças, e depois de uma breve explicação, a velha senhora teve a gentileza de me introduzir no edifício fechado, pois ainda não era tão tarde. A coleção era de fato notável, mas, com o estado de espírito em que estava, eu só tive olhos para o objeto bizarro que reluzia num armário de canto iluminado por luzes elétricas.

Não foi preciso uma sensibilidade extrema à beleza para me fazer literalmente perder o fôlego ante o singular esplendor da fantasia suntuosa e estranha pousada sobre uma almofada púrpura de veludo. Mesmo agora eu mal consigo descrever o que vi, embora fosse, com toda evidência, uma espécie de tiara, como a descrição dizia. Ela era alta na frente e tinha a circunferência da base muito grande e curiosamente irregular, como se desenhada para uma cabeça de contorno quase elíptico. O material predominante parecia ser o ouro, mas um fantástico lustro mais baço sugeria uma liga estranha com algum metal também belo e difícil de qualificar. Estava em condições quase perfeitas e poder-se-ia ficar horas estudando os motivos admiráveis e incomuns — alguns apenas geométricos, outros de todo marítimos — cinzelados ou moldados em alto-relevo na superfície com uma arte de incrível graça e maestria.

Quanto mais eu a observava, mais a coisa me fascinava; e nesse fascínio havia um elemento perturbador, difícil de classificar ou explicar. De início, decidi que era a qualidade curiosa da arte, como se fosse de um outro mundo, que me deixou incomodado. Todos os outros objetos de arte que eu conhecia ou pertenciam a alguma vertente racial ou nacional conhecida, ou eram deliberados desafios modernistas às correntes reconhecidas. Essa tiara não era nem uma coisa, nem outra. Ela pertencia, claramente, a alguma técnica segura de enorme maturidade e perfeição, ainda que fosse de todo anterior a qualquer outra — ocidental ou oriental, antiga ou moderna — que eu tivesse ouvido ou visto exemplificada. Era como se a obra fosse de um outro planeta.

Entretanto, logo percebi que meu desassossego tinha uma segunda e, talvez, também poderosa fonte na sugestão pictórica e matemática dos curiosos motivos. Os padrões sugeriam segredos remotos e abismos inimagináveis no tempo e no espaço, e a monotonia da natureza aquática dos relevos tornava-se quase sinistra. Entre esses relevos, havia monstros de uma bizarria e malignidade abomináveis — metade ictíicos, metade batráquios — que não se poderiam dissociar de uma certa sensação assustadora e incômoda de paramnésia, como se evocassem uma imagem das células e tecidos profundos cujas funções de retenção são totalmente primitivas e muitíssimo ancestrais. Por vezes imaginei que cada contorno daqueles peixes-rãs blasfemos transbordava a quintessência de um mal desconhecido e inumano.

Havia um estranho contraste entre a aparência da tiara e a sua história curta e prosaica tal como relatada pela srta. Tilton. Ela tinha sido penhorada por uma quantia ridícula numa loja de penhor da State Street, em 1873, por um bêbado de Innsmouth, pouco antes de ele ser morto numa briga. A Sociedade a havia comprado diretamente do penhorista, dando-lhe, desde logo, um *display* à altura de sua qualidade. Sua etiqueta atribuía-lhe provável proveniência das Índias Orientais ou da Indochina, mas era pura especulação.

A srta. Tilton, comparando todas as hipóteses possíveis com respeito à sua origem e sua presença na Nova Inglaterra, inclinava-se a acreditar que ela pertencera a algum exótico tesouro de pirata descoberto pelo velho capitão Obed Marsh. A opinião era reforçada pelas insistentes ofertas de compra a um alto preço que os Marsh começaram a fazer tão logo souberam de sua existência, e continuaram fazendo até os dias atuais a despeito da invariável determinação da Sociedade em não vender a peça.

Enquanto me conduzia até a saída, a boa senhora deixou claro que a teoria sobre a origem pirata da fortuna dos Marsh era popular entre as pessoas instruídas da região. Sua própria atitude para com a soturna Innsmouth — que ela nunca conhecera — era a de aversão por uma comunidade que havia descido tão baixo na escala cultural, e ela me garantiu que os rumores sobre adoração ao diabo eram em parte justificados por um certo culto secreto que ganhara força por lá, subjugando todas as igrejas ortodoxas.

Chamava-se, conforme ela me disse, "A Ordem Esotérica de Dagon", e era sem dúvida uma coisa aviltante, quase pagã, importada do Oriente um século antes, numa época em que a pesca de Innsmouth parecia ter se esgotado. Sua persistência entre os simplórios era de todo natural, tendo em vista a volta súbita e permanente da abundância de pescado de boa qualidade, e logo passou a ser a principal influência na cidade, substituindo por completo a franco-maçonaria e constituindo sua sede principal na velha Casa Maçônica em New Church Green.

Tudo aquilo era um excelente motivo para a devota srta. Tilton evitar a velha cidade decadente e desolada, mas, para mim, só reafirmou o interesse. Às minhas expectativas arquitetônicas e históricas somou-se um agudo entusiasmo antropológico e eu mal consegui dormir em meu quartinho no "Y" no decorrer da noite.

II

Pouco antes das 10 da manhã seguinte, eu estava com uma pequena valise na frente da Farmácia Hammond's na velha Market Square (Praça do Mercado), esperando o ônibus para Innsmouth. Quando se foi aproximando a hora da sua chegada, notei uma debandada geral dos ociosos para outros lugares da rua ou para o Ideal Lunch do outro lado da praça. O bilheteiro decerto não exagerara a aversão que os moradores locais tinham por Innsmouth e por seus habitantes. Poucos minutos depois, um pequeno ônibus de cor cinza, sujo, muitíssimo decrépito desceu sacolejando pela State Street, fez a volta e encostou no meio-fio ao meu lado. Senti de imediato que o ônibus era aquele mesmo, suspeita que o letreiro pouco legível no para-brisas — *Arkham-Innsmouth-Newb'port* — logo confirmou.

Ele trazia três passageiros apenas — pessoas escuras, desgrenhadas, de aparência suja e constituição em geral jovem — e, quando o veículo parou, eles desceram cambaleando, desajeitados, e saíram caminhando pela State Street em silêncio, de maneira quase furtiva. O motorista também desceu e eu pude observá-lo enquanto ele entrava na *drugstore* para fazer umas compras. Este, eu pensei, deve ser o Joe Sargent mencionado pelo bilheteiro, e, antes mesmo de notar qualquer detalhe, inundou-me uma onda de aversão espontânea que eu não pude identificar nem explicar. De repente, pareceu-me muito natural que as pessoas do local não quisessem andar num ônibus pertencente e conduzido por aquela pessoa, nem visitar com maior frequência o habitat de tal homem e de sua gente.

Quando o motorista saiu da loja, observei-o com mais atenção tentando determinar a origem da má impressão que ele me causara. Era um homem magro, de ombros curvados, com não muito mais de um metro e oitenta de altura, trajando umas surradas roupas azuis comuns e um boné de golfe roto. Tinha 35 anos, talvez, mas as pregas estranhas e profundas nos lados de seu pescoço o faziam parecer mais velho quando não se observava seu rosto apático e inexpressivo. Tinha cabeça estreita, lacrimejantes olhos azuis saltados que pareciam nunca piscar, nariz chato, testa e queixo recolhidos e orelhas pouco desenvolvidas. Seus lábios eram grandes e carnudos e as maçãs do rosto, acinzentadas e ásperas, pareciam quase imberbes, exceto por uns raros fios louros enrodilhados em tufos irregulares, e, em alguns pontos, sua face apresentava uma curiosa irregularidade, como se tivesse sido descascada por alguma doença de pele. Suas mãos eram grandes e tão marcadas pelas veias, que tinham uma coloração azul-acinzentada bem pouco natural. Os dedos eram por demais curtos em relação ao resto do corpo e pareciam ter uma tendência de se enrolar contra a palma enorme. Enquanto ele caminhava até o ônibus, observei o jeito peculiar como bamboleava e percebi como seus pés eram anormais de tão imensos. Quanto mais eu os estudava, mais me intrigava onde ele poderia arranjar sapatos que lhe servissem.

Uma certa aparência sebosa daquele indivíduo contribuiu para o meu sentimento de aversão. Ele com certeza era acostumado a trabalhar ou vadiar pelos cais de pesca e exalava o cheiro característico desses lugares. O tipo de sangue estrangeiro que possuía, eu não consegui sequer imaginar. Seus traços não pareciam, de maneira alguma, asiáticos, polinésios, levantinos ou negroides, mas eu pude entender por que as pessoas o consideravam estrangeiro. Eu próprio teria pensado mais em degeneração biológica do que em origem estrangeira.

Fiquei preocupado quando notei que não haveria nenhum outro passageiro no ônibus. Por algum motivo, não me agradava a ideia de viajar sozinho com aquele motorista. Mas, quando chegou a hora da partida, reuni minhas forças, entrei no ônibus atrás do homem, estendi-lhe uma nota de um dólar e murmurei uma única palavra, "Innsmouth". Ele me olhou com curiosidade por um segundo e me devolveu quarenta centavos de troco sem abrir a boca. Tomei um assento muito atrás dele, mas do mesmo lado, pois queria ficar admirando a praia durante a viagem.

O decrépito veículo arrancou enfim com um solavanco e avançou chacoalhando ruidosamente por entre as velhas construções de tijolo da State Street em meio a uma nuvem de vapor do escapamento. Observando as pessoas nas calçadas, julguei captar nelas um curioso desejo de não olhar para o ônibus — ou, pelo menos, o desejo de evitar parecer que estavam olhando para ele. Depois dobramos à esquerda para a High Street, onde foi mais suave, passando pelas velhas mansões imponentes dos primeiros tempos da República e pelos solares rurais mais antigos dos tempos coloniais, cruzando o Lower Green e o Parker River, emergindo enfim num trecho longo e monótono de terreno costeiro descampado.

O dia estava quente e ensolarado, mas a paisagem de areia, capim de junça e matagais atrofiados foi ficando cada vez mais desolada à medida que prosseguíamos. Do lado de fora, eu podia observar a água azul e a linha de areia da Plum Island enquanto avançávamos bem perto da praia depois que nossa estrada estreita se afastou da principal de Rowley a Ipswich. Não havia nenhuma casa à vista, o estado do caminho me dizia que o tráfego era muito rarefeito por ali. Os pequenos postes telefônicos, gastos pelo tempo, exibiam dois fios apenas. De tempos em tempos, cruzávamos pontes de madeira bruta sobre canais de maré que faziam extensas entradas terra adentro, provocando um isolamento geral da região.

Aqui e ali eu notava tocos de madeira e ruínas de fundações sobre a areia amontoada e me recordava da velha tradição mencionada em uma das histórias que havia lido, de que ali já fora uma região fértil e densamente habitada. A transformação, ao que se dizia, ocorrera na mesma época que a epidemia de 1846 em Innsmouth, e as pessoas simplórias acreditavam que ela tinha uma sinistra relação com forças malignas ocultas. Na verdade, fora o resultado da estúpida derrubada das matas perto da praia que havia tirado do solo a sua melhor proteção, abrindo caminho para o avanço das dunas.

Perdemos de vista enfim a Plum Island, ficando com a vastidão do Atlântico à nossa esquerda. Nosso caminho estreito iniciou uma subida íngreme e eu senti uma certa inquietude olhando para a crista solitária à frente, onde a rodovia esburacada encontrava-se com o céu. Era como se o ônibus fosse continuar subindo, deixando por completo a sanidade terrestre para se misturar com os arcanos desconhecidos da atmosfera superior e do misterioso céu. O cheiro do mar adquiria ilações aziagas, e as costas rígidas, encurvadas e a cabeça estreita do silencioso motorista foram se tornando mais e mais repulsivas. Olhando para ele, notei que a parte de trás da sua cabeça era tão despelada quanto o seu rosto, exibindo apenas uns tufos desgrenhados de cabelo loiro sobre uma superfície áspera cinzenta.

Chegamos então à crista e avistamos o vale que se espraiava à nossa frente, onde o Manuxet desemboca no mar ao norte da extensa linha de penhascos que culmina em Kingsport Head e desvia para Cape Ann. No horizonte longínquo e brumoso, eu mal consegui distinguir o recorte abismal do promontório, coroado com a curiosa casa antiga da qual me haviam contado tantas lendas; mas, naquele momento, minha atenção foi atraída para o cenário mais próximo logo abaixo de mim. Ali estava, conforme percebi, a mal-afamada Innsmouth.

Era uma cidade de larga extensão e constituição densa, mas a ausência de sinais de vida era espantosa. Apenas alguns fiapos de fumaça subiam do emaranhado de chaminés e os três altos campanários projetavam-se inteiros e descorados contra o horizonte marinho. O topo de um deles estava ruindo e tanto nele como num outro havia apenas orifícios negros escancarados onde deveriam estar os mostradores dos relógios. O vasto emaranhado de telhados de duas águas e cumeeiras pontudas abauladas transmitia, com chocante nitidez, a ideia de alguma coisa decadente e carcomida, e, à medida que fomos nos aproximando pela estrada agora descendente, pude notar que muitos tetos haviam desabado por completo. Existia também algumas casas grandes e quadradas, em estilo georgiano, com telhados pontiagudos, cúpulas e mirantes gradeados. A maioria ficava longe da água, e uma ou duas pareciam estar em condições razoáveis. Estendendo-se para o interior, por entre elas, podiam-se avistar os trilhos enferrujados e cobertos de mato da ferrovia abandonada, com os postes de telégrafo inclinados já sem fios e o traçado meio oculto das antigas estradas de rodagem para Rowley e Ipswich.

A decadência era pior perto do cais, embora eu pudesse vislumbrar em seu miolo a torre branca de uma construção de tijolos muito bem conservada com ar de fabriqueta. O porto, há muito obstruído pela areia, era protegido por um velho quebra-mar de pedra sobre o qual eu pude enfim começar a discernir as formas minúsculas de alguns pescadores sentados e em cuja ponta havia o que pareciam ser as fundações de um antigo farol. Uma língua de areia havia se formado no interior dessa barreira, e sobre ela pude avistar algumas cabanas decrépitas, botes ancorados e armadilhas para lagostas espalhadas. O único trecho de água profunda parecia ser o do rio que passava atrás da construção com a torre e virava ao sul, para desaguar no oceano na extremidade do quebra-mar.

Por toda parte, pedaços arruinados de cais sobressaíam da areia, indo terminar numa podridão indefinível, cuja extremidade sul parecia a mais deteriorada. E, muito ao longe, mar adentro, apesar da maré alta, pude vislumbrar uma linha extensa e escura que mal se destacava acima da água, mas que dava uma impressão de malignidade latente. Aquilo, eu sabia, devia ser o Devil Reef. Enquanto eu o estava observando, uma sensação curiosa, sutil, de atração pareceu somar-se à sinistra repulsa e, por mais estranho que pareça, achei essa impressão mais perturbadora do que a primeira.

Não encontramos vivalma na estrada, mas, quando começamos a cruzar por fazendas desertas em diferentes estágios de degradação, percebi algumas casas habitadas com trapos tapando as janelas quebradas, conchas e peixes mortos espalhados pelos quintais atulhados de sujeira. Uma ou duas vezes eu pude avistar pessoas de olhar mortiço trabalhando em jardins estéreis ou catando mariscos na praia malcheirosa mais atrás, e grupos de crianças imundas de feições simiescas brincando perto das portas cercadas de mato. De alguma maneira, essas pessoas pareceram mais perturbadoras do que as casas sombrias, pois quase todas apresentavam certas peculiaridades de feições e movimentos que, por instinto, me desagradaram sem que eu soubesse defini-los ou compreendê-los. Por um momento, eu imaginei que aqueles traços físicos sugeriam algum quadro que eu teria visto, num livro talvez, em circunstâncias de particular horror ou melancolia, mas essa paramnésia logo se desfez.

Quando o ônibus chegou a um nível mais baixo, comecei a captar o ruído persistente de uma queda d'água em meio ao silêncio anormal. As casas desbotadas e tortas foram se multiplicando, alinhadas dos dois lados da estrada numa arrumação mais urbana do que as que íamos deixando para trás. O panorama à frente adensara-se num cenário de rua, e, em alguns trechos, pude notar os pontos onde um pavimento de pedra e pedaços de uma calçada de tijolos haviam existido. Todas as casas pareciam desertas e havia vazios ocasionais onde chaminés e paredes de porões em ruínas assinalavam o colapso de antigas construções. Um cheiro nauseabundo de peixe impregnava todo o ambiente.

Logo depois começaram a surgir cruzamentos e bifurcações de ruas. Os da esquerda, na direção da praia, eram caminhos sem calçamento que conduziam a uma região miserável e sombria; os da direita mostravam vistas de uma grandeza passada. Até ali eu não avistara quase ninguém na cidade, mas começaram a aparecer sinais esparsos de habitantes — janelas com cortinas aqui e ali e, ocasionalmente, um automóvel desmantelado encostado no meio-fio. Pavimento e calçadas iam-se tornando cada vez menos definidos e, não obstante a antiguidade da maioria das casas — construções de tijolo e madeira do começo do século XIX —, elas com certeza estavam em condições de ser habitadas. Como antiquário amador que eu era, quase esqueci a repulsa que o cheiro me provocava e a sensação de ameaça e aversão em meio àqueles restos ricos e inalterados do passado.

Mas eu não haveria de chegar ao meu destino sem uma impressão muito forte de uma característica muitíssimo desagradável. O ônibus havia parado numa espécie de praça ou centro de irradiação com igrejas dos dois lados e os restos sujos de um gramado circular no centro, e eu estava olhando para um grande edifício público sustentado com colunas na junção da mão direita à minha frente. O edifício, que já fora pintado de branco, estava agora cinzento e descascado, e a placa preta e dourada no frontão estava tão gasta, que foi com dificuldade que consegui distinguir as palavras "Ordem Esotérica de Dagon". Era esta então a antiga casa maçônica agora entregue a um culto infame. Enquanto eu me esforçava para decifrar a inscrição, minha atenção foi atraída pelos sons estridentes de um sino rachado do outro lado da rua e virei-me depressa para olhar pela janela do meu lado do ônibus.

O som vinha de uma igreja de pedra de torre achatada cuja idade era decerto posterior à da maioria das outras construções, construída num estilo gótico deturpado e com um porão mais alto que o normal, com as janelas de persianas fechadas. Apesar de o relógio não ter ponteiros na face que eu avistava, eu sabia que aquelas badaladas roufenhas estavam marcando as onze horas. De repente, toda noção de tempo apagou-se com o aparecimento repentino de uma figura muito marcante e do horror indizível que me possuiu antes de me dar conta do que se tratava. A porta do porão da igreja abriu-se, deixando entrever um retângulo de escuridão no interior. Enquanto eu olhava, um certo objeto cruzou, ou pareceu cruzar, aquele retângulo escuro, fazendo meu cérebro arder com a imagem instantânea de um pesadelo que era ainda mais alucinante, porque, à luz de uma análise, não lhe restaria a menor característica de pesadelo.

Era um objeto vivo — o primeiro, com exceção do motorista, que tinha visto desde a entrada na parte mais compacta da cidade — e, estivesse eu com maior equilíbrio mental, não veria nada de aterrorizante nele. Tratava-se, com toda certeza, como percebi um instante depois, do pastor, trajando alguma roupa peculiar por certo introduzida desde que a Ordem de Dagon havia modificado o ritual dos templos locais. A coisa que captou meu primeiro olhar subconsciente produzindo o traço de horror bizarro foi, talvez, a tiara alta que ele usava, uma duplicata quase perfeita daquela que a srta. Tilton havia me mostrado na noite anterior. Aquilo, agindo em minha imaginação, tinha emprestado qualidades sinistras ao rosto impreciso e ao vulto de batina bamboleando por baixo dela. Não havia, como eu logo me conscientizei, a menor razão para ter sentido aquele traço apavorante de paramnésia maligna. Não seria natural que um culto secreto local adotasse, como parte de seu aparato, um tipo exclusivo de chapéu que, de alguma maneira especial, fosse familiar à comunidade — como um tesouro encontrado, talvez?

Uma pequena quantidade muito espalhada de pessoas jovens de aspecto repelente fizera-se visível então nas calçadas — indivíduos solitários e grupos silenciosos de dois ou três. Os pisos térreos das casas deterioradas abrigavam pequenas lojas ocasionais com placas esquálidas e pude notar um ou dois caminhões estacionados enquanto avançávamos sacolejando. O ruído de queda-d'água foi se intensificando até que eu avistei uma garganta de rio bastante profunda à frente cortada por uma larga ponte com peitoris de ferro que terminava numa ampla praça. Enquanto cruzamos a ponte com grande estrépito, notei alguns barracões de fábrica à beira das encostas cobertas de mato ou nos próprios declives. A água corria com abundância mais abaixo e pude perceber dois conjuntos de quedas vigorosos rio acima, à minha direita, e pelo menos um rio abaixo, à minha esquerda. Naquele ponto, o barulho era ensurdecedor. O ônibus cruzou a ponte para a grande praça semicircular do outro lado do rio e encostamos no lado direito, à frente de um edifício alto, coroado com uma cúpula com restos de pintura amarela e uma placa meio apagada proclamando tratar-se do Gilman House.

Fiquei aliviado por sair daquele ônibus e fui de imediato me registrar no saguão daquele hotel ordinário. Só havia uma pessoa à vista — um velho sem aquilo que eu viera a chamar de "o jeito de Innsmouth" —, mas resolvi não lhe fazer nenhuma das perguntas que me preocupavam ao recordar que coisas estranhas haviam sido notadas neste hotel. Preferi dar uma caminhada pela praça, que já havia sido abandonada pelo ônibus, e estudar o ambiente com minuciosa atenção.

Um lado do espaço aberto e calçado de pedregulhos era a linha reta do rio; o outro era um semicírculo com construções de tijolos de telhados oblíquos de 1800, ou perto disso, de onde saíam várias ruas para sudeste, sul e sudoeste. As lâmpadas eram poucas e pequenas — todas de tipo incandescente e baixa potência — e me agradou lembrar que pretendia partir antes de escurecer, mesmo sabendo que o luar seria intenso. As construções estavam todas bem conservadas e contavam uma dúzia, talvez, de lojas em funcionamento: uma delas, um armazém da rede First National; outras, um restaurante sombrio, uma farmácia e um escritório de atacadista de pescado e ainda, no extremo leste da praça, perto do rio, o escritório da única indústria da cidade: a Marsh Refining Company. Havia umas dez pessoas visíveis, talvez, e quatro ou cinco automóveis e caminhões esparsos encostados por ali. Ninguém precisaria dizer-me que ali era o centro cívico de Innsmouth. A leste, eu pude captar vislumbres azulados do porto, contra os quais se erguiam os restos decadentes de três campanários em estilo georgiano que algum dia deviam ter sido bonitos. E, em direção à costa, na margem oposta do rio, avistei a torre branca erguendo-se acima do que tomei como a refinaria Marsh.

Por algum motivo, resolvi iniciar meu inquérito na loja da rede de armazéns, cujos funcionários com certeza não deviam ser nativos de Innsmouth. Encontrei um rapaz solitário, com cerca de 17 anos, no atendimento, e me agradou notar a vivacidade e a afabilidade que prometiam entusiásticas informações. Ele me pareceu ansioso para falar e logo percebi que não gostava do lugar, de seu cheiro de peixe nem de sua gente furtiva. Conversar com algum forasteiro era um alívio para ele. Era de Arkham, alojara-se com uma família proveniente de Ipswich e saía da cidade sempre que tinha uma folga. Sua família não gostava que ele trabalhasse em Innsmouth, mas a loja o havia transferido para este lugar e ele não quisera desistir do emprego.

Segundo me contou, não havia em Innsmouth nenhuma biblioteca pública nem câmara de comércio, mas decerto eu conseguiria dar um jeito. A rua por onde eu chegara era a Federal. A oeste dela ficavam as velhas ruas residenciais elegantes — Broad, Washington, Lafayette e Adams —, e a leste, a beira-mar, ficavam as periferias. Era nessas periferias — ao longo da Main Street — que eu poderia encontrar as antigas igrejas em estilo georgiano, mas elas estavam desde há muito abandonadas. Não seria bom, portanto, ser visto nessas vizinhanças — em especial ao norte do rio —, onde as pessoas eram emburradas e hostis. Alguns forasteiros haviam até desaparecido.

Certos locais eram territórios quase proibidos, como ele havia aprendido a duras penas. Por exemplo, não convinha demorar-se muito por perto da refinaria Marsh, ou de alguma das igrejas ainda em uso, ou nas cercanias da Casa da Ordem de Dagon em New Church Green. Essas igrejas eram muito estranhas — todas repudiadas com veemência pelas respectivas ordens de outros lugares e usando os tipos mais esquisitos de rituais e paramentos. Seus cultos eram heterodoxos e misteriosos, envolvendo certas transformações mágicas que conduziriam à imortalidade física — de algum tipo — nesta Terra. O próprio pastor da juventude — o dr. Wallace da Asbury M.E. Church, em Arkham — havia lhe recomendado não participar de nenhum culto em Innsmouth.

Quanto à população de Innsmouth, o jovem mal sabia o que dizer a seu respeito. Eram esquivos e poucas vezes vistos, como animais que vivem em tocas, e mal se poderia imaginar como gastavam o tempo, além da pesca inconstante. Talvez — a julgar pela quantidade de bebidas contrabandeadas que consumiam —, gastassem a maior parte do dia em estupor alcoólico. Eles pareciam enturmados numa espécie de camaradagem e entendimento sombrios — desprezando o mundo como se tivessem acesso a outras esferas de existência preferíveis. Sua aparência — em especial aqueles olhos arregalados que não piscavam e que ninguém jamais vira fechados — era por demais chocante, e as suas vozes, repulsivas. Era horrível ouvi-los entoando hinos nas suas igrejas à noite e mais ainda durante suas festividades religiosas principais, que aconteciam duas vezes por ano, em 30 de abril e 31 de outubro.

Eram muito ligados à água e nadavam bastante, tanto no rio como no porto. As disputas de natação até o Devil Reef eram muito comuns e todos pareciam capazes de participar dessa exigente competição esportiva. Pensando nisso, as pessoas geralmente vistas em público eram quase todas jovens, e destes, os mais velhos pareciam ter sido mais propícios a um contágio de aparência decadente. As exceções, quase sempre, eram pessoas sem nenhum sinal de aberração, como o velho funcionário do hotel. Era de se pensar o que teria acontecido com a maior parte dos mais velhos e se o "jeito de Innsmouth" não seria um fenômeno mórbido insidioso e estranho cuja incidência aumentasse com a idade.

Só uma doença muito rara, por certo, poderia provocar transformações anatômicas tão fortes e radicais num mesmo indivíduo depois da maturidade — transformações envolvendo fatores ósseos tão básicos como o formato do crânio —, mas mesmo esse aspecto não era mais intrigante e inaudito do que as manifestações visíveis da enfermidade em si. Seria difícil tirar alguma conclusão consistente sobre isso, insinuou o jovem, pois, por mais que alguém vivesse em Innsmouth, jamais conseguiria conhecer os nativos pessoalmente.

O jovem estava certo de que muitos espécimes ainda piores do que os piores visíveis viviam trancados dentro das casas em alguns locais. Sons muito esquisitos foram escutados algumas vezes. Sabia-se que os casebres estropiados do cais ao norte do rio eram interligados por túneis ocultos, constituindo um verdadeiro viveiro de aberrações invisíveis. Que tipo de sangue estrangeiro essas criaturas tinham — se tinham — era algo impossível de se saber. Elas mantinham alguns tipos repulsivos demais escondidos quando funcionários públicos e outras pessoas de fora apareciam na cidade.

Não valeria a pena, disse-me o meu informante, perguntar aos nativos alguma coisa sobre o lugar. O único que falaria era um homem muito idoso, mas de aparência normal, que vivia no asilo na periferia norte da cidade e matava o tempo andando de um lado para outro, fazendo hora no Corpo de Bombeiros. Essa figura tosca, Zadok Allen, tinha 96 anos e não regulava bem da cabeça, além de ser o bêbado da cidade. Era uma criatura esquisita, furtiva, que vivia olhando por cima dos ombros como se tivesse medo de alguma coisa, e quando estava sóbrio, nada conseguia persuadi-lo a conversar o que quer que fosse com estranhos. Mas era incapaz de resistir a um convite ao seu veneno predileto e, uma vez bêbado, segredaria fragmentos de lembranças estarrecedoras.

No fim das contas, porém, poucas informações úteis poderiam ser extraídas dele. Suas histórias eram todas insinuações incompletas e malucas de prodígios e horrores impossíveis sem nenhuma outra fonte senão a sua própria e confusa imaginação. Ninguém lhe punha fé, mas aos nativos desagradava que ele bebesse e conversasse com estranhos, e nem sempre era seguro ser visto fazendo-lhe perguntas. Era com certeza dele que partiam alguns dos mais alucinados rumores e fantasias.

Muitos moradores não nativos haviam registrado aparições monstruosas ocasionais, mas, entre as histórias do velho Zadok e os moradores disformes, não é de se admirar que essas fantasias fossem corriqueiras. Nenhum não nativo ficava fora de casa até tarde da noite; a impressão generalizada era que isso não seria recomendável. Ademais, uma escuridão tenebrosa envolvia as ruas.

Quanto aos negócios, a abundância de peixes era quase sinistra, por certo, mas os nativos beneficiavam-se cada vez menos disso. Além do mais, os preços estavam caindo e a concorrência crescendo. O verdadeiro empreendimento da cidade era, com certeza, a refinaria, cujo escritório comercial ficava na praça, algumas portas a leste de onde nós estávamos. O velho Marsh jamais era visto, mas às vezes ia para a fábrica num carro fechado e protegido por cortinas.

Corria toda sorte de rumores sobre a aparência de Marsh. Ele já havia sido um grande dândi e as pessoas diziam que ele ainda usava a elegante sobrecasaca da era eduardiana adaptada, de maneira curiosa, para algumas deformidades. Seus filhos haviam administrado anteriormente o escritório na praça, mas nos últimos tempos não eram muito vistos, tendo deixado o grosso dos negócios para a geração mais nova. Os filhos e suas irmãs haviam adquirido uma aparência muito singular, em especial os mais velhos, e dizia-se que eles não gozavam de boa saúde.

Uma das filhas de Marsh era uma mulher repulsiva, com feições reptilianas, que usava um exagero de joias misteriosas da mesma tradição exótica da curiosa tiara. Meu informante já as havia visto diversas vezes e ouvira dizer que elas vinham de algum tesouro secreto de piratas ou demônios. Os padres — ou sacerdotes, ou seja lá como são chamados hoje em dia — também usavam ornamentos desse tipo nas cabeças, mas era raro vê-los. Outros exemplares, o jovem não vira, mas corriam rumores de que havia vários nos arredores de Innsmouth.

Os Marsh, assim como as outras três famílias abastadas da cidade — os Wait, os Gilman e os Eliot — eram muito reservados. Moravam em casas enormes ao longo da Washington Street e vários deles tinham a reputação de abrigar escondidos alguns parentes vivos cuja aparência pessoal proibia a exposição ao público, e cujas mortes de alguns haviam sido noticiadas e registradas.

Prevenindo-me de que muitas placas de rua haviam caído, o jovem desenhou para me ajudar um tosco, mas amplo e meticuloso, esboço de mapa dos principais pontos de referência da cidade. Depois de estudá-lo algum tempo, pensei que me seria de grande utilidade e coloquei-o no bolso em meio a profusos agradecimentos. A sujeira do único restaurante que eu encontrei me deixou nauseado e tratei de comprar um bom suprimento de biscoitos de queijo e wafers de gengibre, que me serviriam de almoço mais tarde. Decidi que meu programa seria percorrer as ruas principais, conversar com todo não nativo que pudesse encontrar e tomar o ônibus das 8 da noite para Arkham. A cidade, como eu podia perceber, era um exemplo significativo e exagerado de decadência comunal, mas, não sendo nenhum sociólogo, eu limitaria minhas observações sérias ao campo da arquitetura.

E foi assim que iniciei minha visita sistemática e um tanto desordenada às ruas estreitas e soturnas de Innsmouth. Cruzando a ponte e virando em direção ao rugido das quedas-d'água inferiores, passei perto da refinaria Marsh, à qual parecia faltar o ruído típico de uma indústria. Essa construção ficava acima da margem íngreme do rio, perto da ponte e de uma confluência espaçosa de ruas que tomei como sendo o antigo centro cívico, substituído depois da Revolução pelo atual, na Town Square.

Cruzando de volta a garganta pela ponte da Main Street, topei com uma região por completo deserta que me deu calafrios sem eu saber por quê. Uma profusão de telhados arruinados de duas águas formava uma silhueta recortada e fantástica acima da qual se erguia o campanário fantasmagórico e truncado de uma antiga igreja. Algumas casas da Main Street estavam habitadas, mas a maioria encontrava-se hermeticamente fechada com tábuas. Descendo por ruas laterais sem calçamento, eu vi as janelas escuras escancaradas de casebres desertos, muitos deles se inclinando em ângulos perigosos e inacreditáveis desde a parte enterrada das fundações. Essas janelas pareciam de tal forma espectrais, que precisei de coragem para me virar a leste em direção à zona portuária. Certamente, o terror provocado por uma casa deserta aumenta em progressão geométrica, e não aritmética, quando as casas se multiplicam para formar uma cidade em completo abandono. A visão daquelas avenidas intermináveis, de suspeito abandono e paralisia, e a ideia de uma imensidão de recintos escuros interligados esquecidos às teias de aranha, às memórias e ao verme conquistador, provocavam pavores e repulsas vestigiais que a mais sólida filosofia seria incapaz de desfazer.

A Fish Street estava tão deserta quanto a Main, mas se diferenciava desta pelos muitos armazéns de pedra e tijolo ainda em excelente estado. A Water Street era quase uma segunda via dela, salvo pelos grandes espaços vazios ao longo do mar onde antes haviam sido os cais. Não havia vivalma à vista, exceto os pescadores espalhados no quebra-mar distante, e não se ouvia o menor som, salvo o marulho das águas no porto e o rugido das quedas do Manuxet. A cidade estava deixando-me cada vez mais inquieto, fazendo-me olhar furtivamente para trás enquanto tomava o caminho de volta para a cambaleante ponte da Water Street. A ponte da Fish Street, de acordo com o esboço, estava em ruínas.

Ao norte do rio, havia traços de vida miserável — casas de embalar peixes na Water Street, chaminés fumegando e telhados remendados aqui e ali, sons ocasionais de fontes indeterminadas e raras formas cambaleantes nas ruas soturnas e becos não pavimentados —, mas isso me pareceu ainda mais opressivo que o deserto do lado sul. Por um lado, as pessoas eram mais repulsivas e anormais do que aquelas de perto do centro da cidade, fazendo-me recordar, muitas vezes, de algo de todo fantástico que eu não conseguia situar muito bem. A marca estrangeira na gente de Innsmouth era com certeza mais forte aqui do que mais para o interior — a não ser que, de fato, o "jeito Innsmouth" fosse mais uma doença do que uma marca hereditária, sendo assim, este bairro devia ser mantido para abrigar os casos mais adiantados.

Um detalhe que me incomodava era a *distribuição* dos poucos e tênues sons que eu ouvia. Seria natural que eles saíssem das casas visivelmente habitadas, mas, na realidade, muitas vezes eles eram mais fortes no interior das fachadas mais firmemente tapadas. Havia estalidos, correrias e ruídos ásperos e imprecisos que me provocavam uma perturbadora recordação dos túneis secretos sugeridos pelo rapaz do armazém. De repente, eu me vi imaginando como seriam as vozes daqueles moradores. Eu não havia escutado nenhuma fala até então naquele bairro e não estava ansioso por ouvi-la.

Tendo parado apenas o suficiente para observar duas velhas igrejas bonitas, mas em ruínas, as da Main e da Church Streets, apressei-me para sair daquela ímpia favela costeira. Meu lógico destino seguinte era New Church Green, mas por alguma razão não pude suportar a ideia de passar de novo na frente da igreja em cujo porão eu havia vislumbrado a forma assustadora daquele padre ou pastor com o estranho diadema. Ademais, o rapaz do armazém me havia dito que as igrejas, bem como a Casa da Ordem de Dagon, não eram vizinhanças recomendáveis para forasteiros.

Assim, prossegui no sentido norte ao longo da Main Street para a Martin e depois virei para o interior, cruzando com segurança a Federal Street ao norte da Green, entrando no decadente bairro aristocrático das Broad, Washington, Lafayette e Adams Streets ao norte. Embora essas velhas e imponentes avenidas estivessem maltratadas, sua dignidade sombreada por olmos não havia desaparecido por completo. Mansão após mansão atraía meu olhar, a maioria delas decrépita e fechada com tábuas em meio a terrenos abandonados, mas uma ou duas de cada rua revelavam sinais de ocupação. Na Washington Street, havia uma fileira de quatro ou cinco em condição excelente com jardins e gramados bem cuidados. A mais suntuosa dessas — com amplos canteiros em escada estendendo-se até a Lafayette Street — eu tomei como sendo a casa do velho Marsh, o desgraçado proprietário da refinaria.

Em todas essas ruas não se via vivalma, e me surpreendia a absoluta ausência de cães e gatos em Innsmouth. Outra coisa que me intrigou e me perturbou, mesmo nas mansões mais bem preservadas, foi a condição de total vedação de muitas janelas do terceiro pavimento e do sótão. Tudo parecia furtivo e secreto nessa cidade silenciosa de alienação e morte, e não pude me furtar à sensação de estar sendo observado de todos os lados, às ocultas, por olhos arregalados e furtivos que jamais se fechavam.

Estremeci quando as badaladas estridentes deram três horas num campanário à minha esquerda. Lembrava-me bem demais da igreja de onde vinham aqueles sons. Seguindo pela Washington Street até o rio, eu percorria então uma nova zona de comércio e indústria antigos, notando as ruínas da fábrica à frente e observando outras, com vestígios de uma velha estação ferroviária e uma ponte ferroviária coberta mais além sobre a garganta à minha direita.

A ponte vacilante agora à minha frente exibia uma placa de advertência, mas assumi o risco e cruzei-a de novo para a margem sul, onde os vestígios de vida reapareceram. Criaturas furtivas e cambaleantes dirigiam olhares interrogativos em minha direção e os rostos mais normais me escrutinavam com frieza e curiosidade. Innsmouth estava tornando-se intolerável muito depressa, e eu virei para baixo, na Paine Street, dirigindo-me à praça na esperança de arrumar algum veículo que me levasse para Arkham antes do ainda distante horário de saída daquele ônibus sinistro.

Foi então que eu vi o arruinado edifício do Corpo de Bombeiros à minha esquerda e notei o velho rubicundo de barba hirsuta, olhos aquosos e roupas esfarrapadas sentado num banco à sua frente junto com um par de bombeiros desleixados mas de aparência normal. Este devia ser, com certeza, Zadok Allen, o nonagenário beberrão e meio louco cujas histórias sobre a velha Innsmouth e suas sombras eram tão repulsivas e incríveis.

III

Deve ter sido algum diabinho da perversidade — ou algum irônico impulso de origem obscura e misteriosa — que me fez mudar os planos. Eu já havia decidido, desde há muito, limitar minhas observações à arquitetura e estava caminhando a passo acelerado à praça para tentar um transporte rápido para sair daquela cidade corrompida de morte e dissolução, mas a visão do velho Zadok Allen deu uma nova direção a meus pensamentos, fazendo-me arrefecer o passo.

Garantiram-me que o velho não poderia fazer nada além de insinuar lendas bárbaras, incríveis, desconjuntadas e advertiram-me que não era seguro, por causa dos nativos, ser visto conversando com ele, mas a ideia dessa testemunha antiga da degradação da cidade, com memórias que remontavam aos primeiros tempos dos navios e das fábricas, era uma atração que uma montanha de razão não me faria resistir. Afinal, os mitos mais estranhos e mais loucos não passam, muitas vezes, de símbolos ou alegorias baseados na realidade — e o velho Zadok devia ter assistido a tudo que se passara em Innsmouth nos últimos noventas anos. A curiosidade sobrepôs-se à sensatez e à cautela e, com toda minha presunção de jovem, imaginei que seria capaz de peneirar um miolo de história real do jorro confuso e extravagante que decerto conseguiria extrair com a ajuda de uísque puro.

Sabia que não poderia abordá-lo ali, naquele momento, pois os bombeiros com certeza perceberiam e impediriam. Pensei então que seria melhor me preparar comprando uma bebida clandestina num local daqueles que, segundo o rapaz da venda, havia de sobra. Depois eu ficaria vadiando perto do posto dos bombeiros como quem não quer nada e toparia com o velho

Zadok quando ele saísse para uma de suas frequentes perambulações. O rapaz me dissera que ele era muito irrequieto e quase nunca ficava sentado perto do posto mais de uma ou duas horas de cada vez.

Consegui com facilidade uma garrafa de um quarto de litro de uísque a um preço salgado nos fundos de uma esquálida loja de bugigangas na Eliot Street, logo na saída da praça. O sujeito mal-encarado que me atendeu tinha um quê do olhar fixo do "jeito de Innsmouth", mas com modos bastante civilizados, acostumado que estava, talvez, ao convívio com os forasteiros — caminhoneiros, compradores de ouro, gente assim — que passavam às vezes pela cidade.

Voltando à praça, percebi que a sorte estava do meu lado quando vislumbrei — arrastando os pés pela Paine Street e dobrando a esquina da Gilman House — nada menos que o vulto alto, magro e esfarrapado do velho Zadok Allen. Seguindo meu plano, atraí a sua atenção brandindo a garrafa recém-comprada e não demorei a notar que ele começara a arrastar os pés esperançoso no meu encalço enquanto eu dobrava a esquina para a Waite Street a caminho da região mais deserta que pude imaginar.

Eu estava orientando-me pelo mapa que o rapaz da venda havia preparado e queria chegar ao trecho em total abandono na parte sul do cais o qual visitara mais cedo. As únicas pessoas que eu havia visto por lá foram os pescadores no quebra-mar distante e, caminhando alguns quarteirões para o sul, eu poderia ficar fora do alcance visual deles, encontrar um par de assentos em algum molhe abandonado e ficar à vontade para interrogar o velho Zadok sem ser observado, pelo tempo que fosse necessário. Ainda não havia chegado à Main Street quando ouvi um "Ei, senhor!" fraco e ofegante às minhas costas e, num instante, permiti que o velho me alcançasse e desse várias bicadas na garrafa.

Comecei a jogar uns verdes enquanto seguíamos em meio àquela desolação onipresente e às ruínas oblíquas, mas logo percebi que a língua do ancião não se soltaria com a facilidade que eu esperava. Enxerguei enfim um caminho coberto de mato em direção ao mar entre paredes de tijolos carcomidas com o prolongamento de um cais de terra e alvenaria projetando-se para além do mato. As pedras cobertas de musgo empilhadas perto da água prometiam assentos toleráveis e o cenário ficava protegido da vista por um armazém em ruínas ao norte. Pensei que ali seria um lugar ideal para uma longa conversa secreta e tratei de conduzir meu acompanhante pelo caminho e escolher lugares para nos sentarmos entre as pedras musgosas. O ar de morte e abandono era terrível e o fedor de peixe quase insuportável, mas eu estava decidido que nada me deteria.

Restavam cerca de quatro horas para conversar se eu quisesse pegar o ônibus das 8 para Arkham, e tratei de injetar mais álcool no velho beberrão enquanto comia minha refeição frugal. Tive o cuidado de não passar do limite com minha generosidade para a tagarelice etílica de Zadok não afundar num estupor mudo. Uma hora depois, sua furtiva taciturnidade deu mostras de ceder, mas, para meu desconsolo, ele continuava esquivando-se de minhas perguntas sobre Innsmouth e seu tenebroso passado. Exprimia-se de maneira confusa sobre assuntos correntes, revelando grande familiaridade com jornais e uma forte tendência para filosofar à maneira sentenciosa dos vilarejos.

Quando a segunda hora estava esgotando-se, temi que a minha garrafa de uísque não fosse suficiente e estava pensando se devia abandonar o velho Zadok para ir buscar mais quando o acaso proporcionou a abertura que minhas perguntas não haviam conseguido e as divagações do velho arquejante tomaram um rumo que me fez inclinar para perto dele e ouvir com a maior atenção. Eu estava de costas e ele de frente para o mar malcheiroso quando alguma coisa fez o seu olhar erradio fixar-se no contorno baixo e distante do Devil Reef, que se exibia por inteiro e fantasmagórico acima das vagas. A vista pareceu deixá-lo perturbado, pois ele soltou uma série de imprecações em voz baixa que terminaram num sussurro confidencial e um olhar de esguelha. Ele inclinou-se para mim, agarrou as lapelas de meu casaco e soprou algumas pistas que não permitiam equívocos.

"Foi lá que tudo começou... naquele lugá amardiçoado com toda a mardade onde começa as água profunda. Porta do inferno... desce a pique pra uma profundidade que sonda nenhuma não consegue arcançá. O veio cap'tão Obed fez... ele que a descobriu mais do que divia nas ilha dos Mar do Sul.

"Tava todo mundo na pió naqueles tempo. Comércio caindo, usinas perdendo negócio... mermo as nova... e nossos melhó rapaiz matado na pirataria na guerra de 1812 o perdido com o brigue *Elizy* e a barcaça *Ranger*, os dois negócio do Gilman. Obed Marsh, ele tinha treis navio no mar, o bergantim *Columby*, o brigue *Hetty* e a barca *Sumatry Queen*. Foi o único que manteve o comércio com as Índia Orientá e o Pacífico, embora a goleta *Malay Pride* de Esdras Martin fez negócio até 28.

"Nunca teve arguém como cap'tão Obed... diabo velho! He he! Posso até vê ele falano das estranjas e chamano todos os rapazes de besta pruquê eles ficá ino nas reunião de Natal e suportano suas dô com humirdade. Diz que era bom eles arranjá uns deus mió como os daqueles cara das Indja; um deus qui dava boa pescaria preles em troca deles fazê sacrifícios e atendia de verdade as prece dos rapaiz.

"Matt Eliot, seu imediato, falava um bocado tombém, só qu'ele era contra os rapaiz fazê coisas pagã. Falava duma ilha pra leste de Otaiti onde tinha uma porção de ruína de pedra tão véia, que ninguém não sabia o que era, meio como as de Ponape nas Carolina, mas com os rosto escurpido dum jeito que parecia as estáuta gigante da Ilha de Páscoa. Tinha uma ilhota vurcânica lá por perto, tombém, onde tinha ruína com escurtura diferente..., umas ruína muito gasta, como se já tivesse ficado debaixo do mar, e com uns desenhos de monstros horríver nelas.

"Beim, seu, Matt diz que os nativo de lá conseguia todo us pexe que pudia pegá, e usava bracelete, e pursera, e enfeites de cabeça feito dum tipo de oro estranho e coberto de imagem de monstro como as escurpida nas ruína da ilhota: meio rã com jeito de pexe ou pexe com jeito de rã, riscada em tudo quanto é tipo de posição como se fosse gente. Ninguém num conseguiu sabê deles onde eles tinha arranjado aquilo tudo, e todos os otros nativo não sabia dizê como eles podia consegui tanto pexe quando nas ilhas bem perto não dava quase nada. Matt tombém ficava cismado e o cap'tão Obed tombém. Obed percebe tombém que um monte de rapaiz bunito sumia de vista um tempão todo us ano, e que não tinha muitos cara mais véio pur lá. Ele tombém achô que uns cara tinha um jeito muito estranho mesmo pra canaca.

"Foi preciso Obed pra arrancá a verdade daqueles pagão. Num sei como que ele feiz, mas começou a negociá aquelas coisa parecida com oro qui eles usava. Preguntô de onde que elas vinha e se eles pudia arranjá mais, e finarmente arrancô a história du véio chefe. Walakea, era assim que chamavam ele. Ninguém fora Obed não ia acreditá no véio diabo gritalhão, mas o cap'tão pudia lê sujeito desse tipo como um livro. He he! Ninguém acredita nimim agora quando eu conto, e num acho que ocê vai acreditá, rapaizim..., embora, quando a gente óia procê, cê tem aqueles óio aceso como os do Obed."

O sussurro do velho foi ficando mais fraco e senti um estremecimento com a gravidade franca e terrível de seu tom, mesmo sabendo que a sua história podia não passar de fantasia de um bêbado.

"Beim, seu, Obed sabia que tein coisa nessa arte que a maioria dos caras nunca oviu falá... e não ia acreditá se ovisse. Parece que esses canaca sacrificava seus próprio rapaiz e donzela pra uns tipo de coisas-deus que vive debaixo do mar e ganhava todo tipo de recompensa em troca. Eles encontrava as coisas na ilhazinha co'as ruínas estranha e parece que aqueles terríver pintor de monstros rã-pexe devia de sê os pintô dessas coisas. Tarvez eles era o tipo de criatura que começô todas as história de sereia. Eles tinha todo tipo de cidade no fundo do mar, e essa ilha levantô de lá. Parece que tinha argumas coisa viva nos prédio de pedra quando a ilha subiu de repente pra cima. Foi assim que os canaca ficô sabendo queles tava lá. Falaro por sinars assim que elis perdero o pavô, e não demorô pra eles arrumá umas barganha.

"Aquelas coisa gostava de sacrifícios humano. Fizero eles muito tempo antes, mas perdero o rumo do mundo de cima dispois de um tempo. O que eles fazia com as vítima não é comigo, e acho que Obed não foi besta de preguntá. Mas tava tudo bem pros pagão, pruque eles tava numa pió e tava desesperado com tudo. Eles até dava um certo número de jovens pras coisas do mar duas veiz por ano, véspra de 1º de maio e de Halloween, sempre que podia. Sabe, eles podia vivê tanto dentro como fora d'água; é o que chamam de anfíbis, eu acho. Os canaca dizia pra eles que os cara das outras ilhas podia querê acabá com eles se sobesse que eles era ansim, mas eles dizia que não ligava pra isso pruque podia acabá com toda a raça humana se quisesse, qué dizê, com quarqué um que não tivesse certos sinars como os que era usado antigamente pelos antigos, seja lá quem for. Mas não querendo se incomodá, eles se escondia bem no fundo quando arguém visitava a ilha.

"Quando tinha que lidá com os pexe com jeito de sapo, os canaca meio que latia, mas acabaro aprendeno arguma coisa que deu uma cara nova pra questão. Parece que os cara humano conseguiro uma espécie de relação com as besta da água, que tudo que era vivo saiu da água arguma vez e só precisa de um poco de mudança pra vortá de novo. As coisa dissero pros canaca que se eles misturasse os sangue podia nascê criança com cara de gente no começo, mas que dispois elas ficava mais como as coisa, té que finarmente elas ia pra água pra se juntá com o grosso das coisa por lá. E essa é a parte importante, garoto: os que virasse coisa pexe e entrasse na água não *morria nunca mais*. As coisas nunca morria se não fosse matada com violência.

"Beim, Seu, parece que, quano Obed conheceu aqueles ilhota, eles tava cheio de sangue de pexe das coisa das água profunda. Quando eles ficaro veio e começaro a mostrá, eles era deixado escondido até senti com vontade de ir pra água e deixá o lugar. Arguns era mais ensinado qui os outro, e arguns nunca não mudô o que precisava para ir pra água, mas a maioria ficô bem do jeito que as coisa dizia. Os que tinha nascido mais parecido com as coisa mudava logo, mas os que era quase humano as veiz ficava na ilha té que tinhas mais de setenta, embora eles gerarmente ia pro fundo numas viage de teste antes daquilo. Os rapaiz que ia pra água gerarmente vortava bastante pra visitá, de manera que um home muitas vezes podia tar falando com seu próprio cinco vez avô que tinha saído da terra seca uns duzentos ano pra traiz.

"Todo mundo largava a ideia de morrê..., menos nas guerra de canoa com os moradô das outras ilha, ou nos sacrifício pros deus do mar lá em baixo, ou mordida de cobra, ou peste, ou doença galopante, ou de arguma coisa antes deles podê ir pra água... Mas só ficava esp'rando um tipo de mudança que não era nem um poco horríver dispois de um tempo. Eles achava que o que recebia valia tudo que eles tinha deixado pra traiz... e eu acho que o Obed, ele mesmo acabô achano a mesma coisa quando pensô um pouco no causo de Walakea. Mas Walakea foi um dos poco que num tinha nenhum sangue de pexe..., pois era de sangue rear que tinha casado com gente de sangue rear de otras ilhas.

"Walakea mostrô pra Obed uma porção de rito e encantamento que tinha a vê co'as coisa do mar e deixô ele vê arguns rapaiz da ardeia que tinha mudado bastante da forma humana. De um jeito o de outro, nunca deixô ele vê umas das coisa que saía sempre da água. No finar, ele deu pra ele um bejeto engraçado feito de chumbo, o sei lá o quê, que ele dizia que podia trazê as coisa pexe de qualquer lugá de debaixo d'água onde pudesse tê uma ninhada delas. A ideia era atirá a coisa pra baixo com o tipo certo de reza e procurá. Walakea garantia que as coisa tava espalhada pelo mundo todo, e que quem procurasse podia encontrá uma ninhada delas e puxá elas se quisesse.

"Matt não gostou nada desse negoço e queria que Obed ficasse longe da ilha, mas o cap'tão tava loco por dinheiro e achô que podia consegui aquelas coisas parecida com oro tão barata, que valia a pena se especializá naquilo. As coisas ficaro daquele jeito durante muitos ano, e Obed conseguiu bastante daquela coisa parecida com oro pra podê começá a refinaria na velha usina do Waite que estava se acabano. Ele não arriscava vendê as peça como elas era, porque as gente ia ficá fazeno pergunta o tempo todo. Mesmo assim, as tripulação dele de veiz em quando arrumava um pedaço, mesmo jurando que não ia abri a boca, e ele deixava suas mulhé usar argumas peça que tinha mais jeito humano que as outra.

"Bem, ali por perto de 38, quando eu tinha 7 anos, Obed descobriu que o povo da ilha tinha sumido de vez entre uma viagem e otra. Parece que os moradô das otras ilha tinha expursado eles e tomado conta de tudo. Magino que eles devia tê aqueles antigo sinar mágico qui as coisas do mar dizia que era as única que dava medo nelas. Sem falá no que quarqué canaca pode metê a mão quano o fundo do mar vomitá arguma ilha com ruínas mais veia que o dilúvio. Uns bom mardito, eles era... Não deixaro nada de pé nem na ilha principar, nem na ilhota vurcânica fora as parte das ruína qui era grande dimais pra derrubá. Narguns lugá, tinha umas pedrinha espaiada, como feitiço, com arguma coisa em cima como o que a gente chama de suástica hoje em dia. Decerto era os sinar dos antigos. Os cara tudo tinha sumido, nem chero das coisas parecida com ouro, e nenhum dos canaca das redondeza deixô escapá uma palavra sobre o assunto. Nem quisero admiti que tinha morado arguém naquela ilha.

"Aquilo foi muito duro pro Obed, é craro, ver que seu negócio normar não tava dando nada. E atingiu toda Innsmouth, também, porque, nos tempo da navegação, o que dava lucro pro mestre dum navio gerarmente dava lucro pra tripulação. A maioria dos rapaiz da cidade aceitaro os tempo duro meio que nem ovelha, resignado, mas eles também tava na pió, porque a pesca tava esgotano e as usina também num ia bem.

"Foi nesse tempo que Obed começô a mardizê os rapaiz por ser umas ovelha e rezá prum Deus cristão que não ajudava nada eles. Ele dizia pra eles que conhecia uns cara que rezava pra uns deus que dava mesmo o que a gente precisava e que, se um bando de home apoiasse ele, tarveiz pudesse ganhá certos podê para trazê uma montoeira de pexe e um montão de oro. É craro que os que servia na *Sumatra Queen* e tinha visto a ilha sabia o que ele quiria dizê, e não estava lá muito ansioso pra chegá perto das coisas do mar tar como eles tinha ouvido falá, mas os que não sabia do que se tratava ficaro balançado pelo que Obed tinha pra dizê e começaro a perguntá pra ele o que que ele podia fazê para colocá eles no caminho da fé, para trazê fartura pra eles."

Nesse ponto o velho vacilou, resmungou e mergulhou num silêncio soturno e apreensivo, olhando com nervosismo por cima do ombro e depois voltando a fitar, como que fascinado, o recife negro distante. Quando lhe falei, ele não respondeu, deixando claro que eu teria que o deixar terminar a garrafa. A narração maluca que eu estava ouvindo me interessava muito, pois imaginava que seria algum tipo de alegoria tosca baseada nas estranhezas de Innsmouth, elaborada por uma imaginação ao mesmo tempo criativa e repleta de fragmentos de lendas exóticas. Nem por um instante acreditei que o relato tivesse a menor base material, mas ainda assim ele tinha um laivo de genuíno horror quando menos, porque trazia referências a joias estranhas com certeza relacionadas à tiara maléfica que eu havia visto em Newburyport. Talvez os ornatos tivessem vindo, afinal, de alguma ilha estrangeira, e era bem possível que as histórias alucinadas fossem mentiras do próprio Obed e não daquele velho beberrão.

Estendi a garrafa a Zadok, que a secou até a última gota. Era estranho como ele podia aguentar tanto uísque sem o menor traço de rouquidão na voz alta e esganiçada. Ele lambeu a boca da garrafa, enfiou-a no bolso e começou a balançar o corpo e murmurar para si mesmo. Inclinando-me para captar alguma palavra articulada que ele pudesse pronunciar, pensei ter visto um sorriso sardônico por baixo da barba hirsuta. Sim, ele estava mesmo articulando palavras e eu pude captar uma boa parte delas.

"Pobre Matt... Matt ele estava sempre contra... Tentou alinhá os rapaiz do seu lado e tinha longas conversa com os pregadô... Não adiantô..., eles correu com o pastô congregacionar da cidade e o colega metodista se mandô... Nunca mais vi Resolved Babcock, o pastô batista... Ira de Jeová... Eu era uma criaturinha de nada, mas ovi o que ovi e vi o que vi... Dagon e Ashtoreth... Belial e Belzebu... Bezerro de Ouro e os ídolo de Canaã e dos Filisteus... Abominações babilônicas...*Mene, mene, tekel, upharsin*..."

Ele parou de novo e, pela aparência de seus olhos azuis aquosos, temi que estivesse à beira do estupor. Mas, quando eu toquei de leve em seu ombro, virou-se para mim com espantosa vivacidade e disparou mais algumas frases obscuras.

"Não me acredita, hein? He he he... Então só me diga, rapazinho, por que o cap'tão Obed e vinte outros rapaiz costumava remá inté o Devil Reef na calada da noite e cantá umas coisas tão alto, que dava pra ouvi elas toda na cidade quando o vento tava de jeito? Me diga, hein? E me diga por que o Obed tava sempre jogando umas coisa pesada na água profunda do outro lado do recife onde o fundo desce como um penhasco mais fundo do que dá pra sondá? Me diga o que ele feiz com aquele bejeto de chumbo de forma estranha que Walakea deu pra ele? Hein, menino? E o que eles todos uivava na véspera de 1º de maio e de novo no

Halloween seguinte? E por que os padre da nova igreja, uns cara acostumado de sê marinheiro, vestia aqueles manto estranho e se cobria com aquelas coisas parecida com ouro que Obed trazia? Hein?"

Os olhos azuis aquosos estavam quase alucinados e selvagens, e a barba branca suja parecia eriçada por uma corrente elétrica. É provável que o velho Zadok tenha me visto fazer um gesto de recuo, porque soltou uma casquinada maligna.

"He he he he! Começano a vê, hein? Tarveiz cê quisesse ser eu naqueles tempo, quando eu via coisas à noite no mar, da cúpala de minha casa. Ó, posso te dizê que os moleque tem ovidos grande, e eu não tava perdendo nada do que era fofocado sobre o cap'tão Obed e os rapaiz lá no recife! He he he! E que tar a noite que eu levei a luneta do barco do meu pai pra cúpala e vi o recife coalhado de vurtos que mergulhô assim que a lua subiu? Obed e os rapaiz tava num barquinho a remo, mas aí os vurto megulhô do lado da água profunda e não reapareceu... Que qui se acha de sê um moleque sozinho numa cúpala olhano *formas que não eram humanas?*... Hein?... He he he he"

O velho estava ficando histérico e eu comecei a tremer, tomado por uma ansiedade indefinível. Ele pousou uma mão em meu ombro e a maneira como o apertava não me pareceu muito amistosa.

"Magine que uma noite ocê visse alguma coisa pesada pairando sobre o bote do Obed além do recife e depois sobesse no dia seguinte que um rapazinho tinha sumido de casa. Hein! Arguém viu sinal de Hiram Gilman? Viu? E de Nick Pierce, e Luelly Waite, e Adoniram Saouthwick, e Henry Garrison? Hein? He he he he... Vurtos usano a linguage das mão..., aqueles com mãos enrolada...

"Bein, Seu, foi nesse tempo que Obed começô a ficá de pé de novo. As pessoa via suas treis filha usando coisas parecida com oro como nunca não tinha visto, e começô a sair fumaça da chuminé da refinaria. Outras gente tava prosperano também...

Começou a dá pexe pra valê no porto, pronto para matá, e Deus sabe o tamanho das carga que nóis começamo a mandar pra Newsbury, Arkham e Boston. Foi aí que o Obed consertô o velho ramá ferroviário. Uns pescadô de Kingsport ouviu falá da peixama e veio numa chalupa, mas eles todos se perdeu. Nunca ninguém viu mais eles. E bem aí nossos rapaiz organizô a Orde Esotérica de Dagon e comprô a Casa Maçônica da Loja do Calvário pra ela... he he he! Matt Eliot era um mação e não queria vendê, mas ele sumiu de vista desd'aquela época.

"Lembre, não estô dizeno que Obed estava decidido a deixá as coisa tar como elas era naquela ilha dos canaca. Num acho que no começo ele quiria fazer quarqué mistura, nem criar nenhum minino para levar pra água e virá pexe com vida eterna. Ele quiria as coisas de oro e tava disposto a pagá caro, e acho que os otro ficaro sastisfeito por um tempo...

"Lá por 46, a cidade fez umas investigação por conta própria. Muita gente sumida..., muita pregação maluca nas reunião de domingo..., muito falatório sobre aquele recife. Acho que eu ajudei contano pro Selectman Mowry o que eu tinha visto lá da cúpala. Teve um grupo uma noite que seguiu a turma do Obed até o recife, e eu ouvi uns tiro entre os barco. No dia seguinte, Obed e mais vinte dois tava na cadeia, e todo mundo fico pensando o que tava acontecendo e que tipo de acusação iam fazê contra ele. Deus, se alguém olhasse pra frente... umas duas semanas dispois, sem nada ser jogado no mar esse tempo todo..."

Zadok estava dando sinais de medo e exaustão, e deixei-o ficar em silêncio alguns instantes, mas olhando apreensivo para o relógio. Com a virada da maré, o mar estava subindo e o som das ondas pareceu despertá-lo. Recebi com satisfação a virada, pois, com a elevação da água, o fedor de peixe não seria tão ruim. Mais uma vez me esforcei para captar os murmúrios do velho.

"Aquela noite horríver... eu vi eles. Eu tava na cúpala..., montes deles..., um enxame deles... sobre todo o recife e nadano pela enseada para Manuxet... Deus, o que aconteceu nas ruas de Innsmouth naquela noite... Eles chacoalharo nossa porta, mas o pai num abriu... Dispois ele saltou pela janela da cozinha com seu trabuco atrais de Selectman Mowry pra vê o que ele podia fazê... Murmúrios dos morto e moribundo..., tiros e gritaria..., gritos na Ol'Square, e na Town Square e no New Church Green... abriro a cadeia..., proclamação... traição... dissero qui era de peste quando os caras veio e viram metadi de nossa gente sumida... Ninguém não tinha sobrado, fora os que tava com Obed e as coisas, ou ficô quieto... nunca mais que eu sube do meu pai..."

O velho estava ofegante e suava copiosamente. Seu aperto em meu ombro aumentou.

"Tava tudo limpo pela manhã..., mas tinha *traços*... Obed meio que tomô conta e diz que as coisas vão mudá... *Otros vai* participá co'a gente na congregação, e umas casa vai tê que recebê *hóspede*... Eles queria misturá como fez com os canaca, e ele não tava a fim de impedi. Foi longe, o Obed...; como um maluco no assunto. Ele diz que eles nos traiz pexe e tesoro e devia de tê o que eles quisesse dispois...

"Nada devia de ser diferente do lado de fora, só que nós tinha que mantê segredo dos estrangeiro se nós sabia o que era bom pra nóis. Nóis todos tinha que fazer o Juramento de Dagon, e despois teve um segundo e terceiro juramento que arguns de nóis feiz. Aqueles que ajudasse mais ia recebê prêmios especiar... muito oro. Não adiantava xiá, pois tinha um milhão deles por lá. Eles não queria subi e acabá co'a raça humana, mas, si fosse traído e obrigado, eles pudia fazê um monte nesse sentido. Nóis num tinha aqueles velho amuleto pra liquidá eles como as gente dos Mar do Sul fazia, e aqueles canaca nunca entregava os seus segredo.

"Fazê bastante sacrifícios, e bugigangas servage, e abrigos na cidade quando eles quisesse, e eles deixaria muitos em paiz. Não ia perturbá nenhum estrangeiro que pudesse ir contá história lá fora..., isto é, se eles não começasse a espioná. Todos no bando dos fier... da Orde de Dagon..., e as criança nunca não ia morrê, mas ia vortá pra Mãe Hydra e o Pai Dagon de onde tudo nóis veio... *Iä! Iä! Cthulhu fhtagn! Ph'nglui mglw'nafh Cthulhu R'lyeh wgah-nagl fhtagn...*"

O velho Zadok estava rapidamente mergulhando em completo desvario e eu contive a respiração. Pobre alma — a que deploráveis profundezas de alucinação a bebida, o ódio à decadência, à alienação e à morbidez que o cercavam levaram aquele cérebro fértil e imaginativo! Ele pôs-se então a resmungar, e as lágrimas rolavam pelas faces vincadas para os recessos de sua barba.

"Deus, o que eu não vi desde que eu tinha 15 ano... *Mene, mene, tekel, upharsin!*... Os rapaiz que tinham sumido e os que se matô..., os que contava as coisas em Arkham ou Ipswich, ou por aí, foi tudo chamado de louco, como ocê tá me chamano bem agora... Mas Deus, o que eu vi... Eles já tinha me matado tem muito tempo pelo qui eu sei, só que eu fiz o primero e o segundo Juramento de Dagon para o Obed, por isso era protegido, a menos que um júri deles prová que eu contei coisas sabendo e por querê... Mas não ia fazê o terceiro Juramento..., prefiria morrê a fazê isso...

"Acho que foi no tempo da guerra civir, *quano as criança nascida em 46 começô a crescê*... Argumas delas, qué dizê. Eu fiquei cum medo..., nunca fiz mais nenhuma reza dispois daquela noite horriver e nunca vi uma... *delas*... de perto em toda minha vida. Qué dizê, nunca nenhuma de sangue compreto. Eu fui pra guerra e, se eu tivesse córage e boa cabeça, nunca que tinha vortado, mas me arranchava fora daqui. Mas os rapaiz me escreveu que as coisa num tava tão mar. Acho que eles feiz isso porque os home de alistamento do guverno tava na cidade dispois de 63. Dispois da guerra, ficô tudo iguar de ruim de novo. As pessoa começaro a caí fora..., as usinas e as lojas fecharo..., a navegação parô e o porto intupio..., ferrovia desistiu..., mas *eles*... eles nunca pararo de nadá pra cima e pra baixo do riu vindo daquele mardito arrecife de Satã... E mais e mais janela de sótão era fechada com tábua, e mais e mais baruio era orvido nas casa que num divia tê ninguém dentro delas...

"Os rapaiz de fora tem suas história de nóis... Achu qui ocê orviu um monti delas, pelo jeito das pregunta que ocê faiz... História sobre coisas qui elas viu uma veiz o outra e sobre aquelas joia estranha que ainda chega de argum lugá e não é toda derretida... Mas nada nunca não fica definido. Ninguém vai creditá em nada. Eles chama elas de coisas que parece oro de robo de pirata e diz que os rapaiz de Innsmouth tem sangue estranja ou distemperado, ou coisa assim. Alinhais, os que vive aqui espanta todos os estranja que pode e encoraja o resto a num ficá muito curioso, especiarmente de noite. Os animar late pr'as criatura..., cavalo não é burro..., mas quano eles tava de auto, tudo bem.

"Em 46, o cap'tão Obed arranjô uma segunda mulher *que ninguém na cidade nunca não viu...* Uns diz que ele não queria, mas foi obrigado por aqueles que ele tinha invocado... Teve treis filho dela..., dois desapereceu novo, mas uma menina parecida com ninguém e que foi educada na Europa. Obed acabô casano ela, usando um truque, com um cara de Arkham que num suspeitava de nada. Mas ninguém de fora tem nada a vê com os rapaiz de Innsmouth agora. Barnabas Marsh, que dirige a refinaria agora, é neto do Obed com sua primera mulhé..., fio de Onesiforus, seu fio mais veio, *mas a mãe deli era outra das que nunca não era vista fora de casa*.

"Agora Barnabas tá mudado. Num pode mais fechá os oio e tá tudo deformado. Diz que ele ainda usa ropas, mas ele vai logo i pra água. Tarveiz ele até já tentô... eles as veiz entram nela por argum tempo antes de i pra sempre. Ninguém não viu ele em púbrico faz uns nove, deiz ano. Num sei comu a gente de sua pobre mulhé se sente... Ela veio de Ipswich, e quase lincharo Barnabas quano ele namorô ela faz uns bão cinquenta anos atrais. Obed morreu com 78, e toda a geração seguinte já se foi... Os fio da *primera* muié tá morto, e o resto... Deus sabe..."

O som da maré enchente era muito insistente naquele momento e pouco a pouco parecia ir mudando o estado de espírito do ancião do sentimentalismo ébrio para uma vigília assustada. Ele parava de vez em quando renovando aqueles olhares ansiosos por sobre o ombro ou na direção do recife e, apesar do caráter absurdo e alucinado de sua narrativa, comecei a partilhar um pouco daquela vaga apreensão. A voz de Zadok foi ficando mais esganiçada, como se ele tentasse incitar a própria coragem falando mais alto.

"Ei, ocê, ocê num diz nada? Que qui se achava de vivê numa cidade como essa, com tudo apodreceno e morreno, e os monstro trancado se arrastano, e berrano, e latino, e sartando pra todo lado nos porão e sótão escuro? Hein? Que qui se achava de ouvi os uivo noite dispois de noite saíno das igreja e da Casa da Orde de Dagon, *e sabê u que qui tá fazeno parte dos uivado?* Que qui se achava de escuitá o que vem daquele horríver arrecife toda véspra de 1º de maio e de Halloween? Hein? Acha que o véio tá loco, é? Bein, Seu, *pois vô lhe dizê que isso num é o pió!*"

Zadok estava falando aos gritos agora, e a exaltação enfurecida de sua voz me perturbou mais do que eu gostaria de confessar.

"Mardito, num põe esse oiá em mim cum esses óio... Eu digo qui Obed Marsh tá no inferno, e é lá que ele tein que ficá! He he... no inferno, eu diz! Ele num pode me levá... eu num fiz nada nem disse nada p'ra ninguém...

"Ó, ocê, rapaizinho? Bein, mesmo qui eu nunca não contei nada pra ninguém, vô contá agora! Cê fique aí sentado quieto e me escuite, guri... Isso é o que eu nunca contei pra ninguém... eu disse, eu nunca não saí mais bisbiotano desdi aquela noite..., *mas eu discubri umas coisas do mesmo jeito!*

"Ocê qué sabê como é u horrô de verdade, qué? Bein, ele... ele num é o que aqueles diabo pexe *feiz, mas o que elis vai fazê!* Eles tá trazeno coisas lá de onde eles vem aqui pra cidade... Veim fazeno isso faz arguns ano, e urtimamente mais devagá. As casa do norte du rio entre a Water e a Main Street tão cheia deles..., os diabo *i u qui elis traiz*... e, quano eles tivé pronto..., eu digo, *quano elis tivé pronto*..., já escuitô falá de um *shoggoth*?

"Hein, tá me ovino? Vou te dizê, *eu sei como as coisa é*..., vi elas uma noite quando... EH-AHHHH-AH! E'YAAHHHH..."

A inesperada repulsa e o horror inumano do uivo que o velho soltou quase me fizeram desmaiar. Seus olhos, fitando atrás de mim o mar malcheiroso, estavam literalmente saltando de sua cabeça, e o seu rosto era uma máscara de pavor digna de uma tragédia grega. A mão ossuda crispou-se com força em meu ombro, e ele não ficou imóvel quando virei a cabeça para ver o que ele poderia ter avistado.

Não havia nada que eu pudesse ver. Só a maré enchente com uma série de ondulações mais próxima, talvez, que a linha extensa da arrebentação. Mas Zadok começou a me chacoalhar, e eu me virei para observar aquele rosto transido de pavor desmanchar-se num caos de pálpebras contraindo-se e gengivas mastigando as palavras. A voz enfim lhe voltou num sussurro trêmulo.

"*Cai fora daqui!* Cai fora daqui! *Eles viu nóis*... Cai fora, por sua vida! Não espera por nada... *Agora eles sabe*... Foge... depressa... *pra longe dessa cidade*..."

Outra onda grande quebrou-se contra a alvenaria solta do antigo cais, transformando o sussurro do louco ancião num novo grito inumano de gelar o sangue:

"*E-YAAHHHH!... YHAAAAAAA!...*"

Antes que eu pudesse recuperar o prumo, ele havia soltado meu ombro e disparava a toda para o norte, aos tropeções, na direção da rua, contornando a parede em ruínas da doca.

Olhei de novo para o mar, mas não havia nada visível. Quando alcancei a Water Street e olhei para o norte, não avistei o menor traço de Zadok Allen.

IV

Mal consigo descrever o estado de espírito em que esse episódio horrível me deixou — um episódio ao mesmo tempo maluco e deplorável, grotesco e aterrorizador. O rapaz da venda havia me preparado para aquilo, mas a realidade me deixara estarrecido e perturbado. Por mais pueril que fosse o relato, o horror e a franqueza de louco do velho Zadok me contagiaram com uma crescente inquietação que foi se somar ao meu sentimento anterior de aversão pela cidade e sua intangível sombra de malefício.

Mais tarde, eu poderia esmiuçar o relato e extrair alguma base de alegoria histórica. Naquele momento, tudo que eu desejava era tirá-lo da minha cabeça. A hora fizera-se perigosamente tarde — meu relógio indicava 19h15 e o ônibus para Arkham sairia da Town Square às oito — por isso tentei concentrar meus pensamentos em questões neutras e práticas enquanto caminhava apressado pelas ruas desertas com suas casas inclinadas e telhados esburacados para o hotel, onde havia guardado a valise e tomaria o ônibus.

A luz dourada do entardecer emprestava aos velhos telhados e decrépitas chaminés uma aura de paz e misticismo, mas isso não me impedia de olhar às vezes por cima do ombro. Eu ficaria bem contente de sair da fedorenta e assombrada Innsmouth e gostaria que houvesse algum outro meio além do ônibus conduzido pelo sinistro Sargent. Mesmo assim, não me apressei demais, porque havia detalhes arquitetônicos dignos de ver em cada canto silencioso e, tal como havia calculado, eu poderia cobrir a distância necessária em meia hora.

Estudando o mapa do rapaz da venda e procurando um itinerário que ainda não houvesse percorrido, escolhi a Marsh Street em vez da State para chegar à Town Square. Perto da esquina da Fall Street, comecei a ver grupos esparsos de pessoas furtivas murmurando e quando enfim cheguei à praça, notei que quase todos os ociosos estavam reunidos em frente à Gilman House.

Tive a sensação de que muitos olhos aquosos, escancarados, me observavam curiosos, sem piscar, enquanto eu pedia minha valise no saguão e torci para que nenhuma daquelas criaturas abjetas me fizesse companhia no ônibus.

O ônibus chegou sacolejando com três passageiros um pouco antes das oito, e um sujeito de má catadura na calçada murmurou algumas palavras indistintas para o motorista. Sargent lançou para fora um saco do correio e um fardo de jornais e entrou no hotel, enquanto os passageiros — os mesmos que eu tinha visto chegando em Newburyport naquela manhã — saíram cambaleando para a calçada e trocaram algumas palavras guturais, em voz baixa, com um dos ociosos, numa língua que eu poderia jurar que não era inglês. Subi no ônibus vazio e ocupei o mesmo assento da vinda. Mal eu havia me acomodado, porém, Sargent reapareceu e começou a resmungar numa voz roufenha e repulsiva ao extremo.

Ao que tudo indicava, eu estava com muito azar. Havia alguma coisa errada com o motor, apesar do excelente tempo feito desde Newburyport, e o ônibus não poderia completar a jornada até Arkham. Não, ele não poderia ser consertado naquela noite, nem havia outro meio de transporte para sair de Innsmouth, fosse para Arkham, fosse para qualquer outro lugar. Sargent sentia muito, mas eu teria de pousar no Gilman. O funcionário com certeza me faria um preço camarada, e não havia mais nada a fazer. Quase paralisado pelo súbito obstáculo e apavorado com a ideia da chegada da noite naquela cidade decrépita e mal iluminada, desci do ônibus e tornei a entrar no saguão do hotel, onde o mal--humorado e estranho atendente noturno me informou que eu poderia ficar com o quarto 428 perto do último andar — grande, mas sem água corrente — por um dólar.

Apesar do que tinha ouvido em Newburyport sobre aquele hotel, assinei o registro, paguei o dólar, deixei o funcionário pegar a minha valise e acompanhei aquele atendente azedo e solitário por três lances de degraus rangendo e corredores empoeirados que não pareciam abrigar ninguém. Meu aposento, um quarto sombrio de fundo com duas janelas e a mobília esparsa e barata, dava para um pátio esquálido cercado de casas de tijolos baixas e desertas e propiciava uma visão dos telhados decrépitos estendendo-se a oeste e para os distantes terrenos pantanosos. No fim do corredor, ficava um banheiro — uma relíquia em estado lastimável com uma pia de mármore ancestral, banheira de estanho, luz elétrica fraca e painéis de madeira mofados rodeando os encanamentos.

Como o dia ainda estava claro, desci para a praça e procurei um lugar para jantar, notando, enquanto o fazia, os olhares estranhos que os mal-encarados vagabundos me atiravam. Como o armazém estava fechado, fui obrigado a escolher o restaurante que antes havia evitado, atendido por um homem encurvado de cabeça estreita e olhos fixos e arregalados e uma moça de nariz achatado com mãos enormes e desajeitadas. A comida era toda do tipo de balcão, e fiquei aliviado em saber que a maior parte saía de latas e pacotes. Uma sopa de legumes com torradas me bastou, e tratei de voltar logo em seguida para o meu quarto soturno no Gilman, tendo conseguido um jornal vespertino e uma revista suja de mosca com o funcionário de má aparência que os apanhou numa estante bamba ao lado de sua escrivaninha.

Quando a escuridão adensou-se, acendi a fraca lâmpada acima da cama barata de ferro e foi só com grande esforço que continuei lendo o que havia começado. Achei aconselhável manter a cabeça ocupada para não ficar pensando nas aberrações daquela antiga e agourenta cidade enquanto estivesse dentro de seus limites. As maluquices inventadas que eu ouvira do velho beberrão não prometiam sonhos muito agradáveis e senti que devia manter o mais longe possível da lembrança a imagem de seus alucinados olhos aquosos.

Também não conviria me deter no que o inspetor de fábrica havia contado ao bilheteiro de Newburyport sobre o Gilman

House e as vozes de seus ocupantes noturnos — não nisso, nem no rosto por baixo da tiara na galeria da igreja escura, o rosto cujo horror minha inteligência não conseguia explicar. Talvez tivesse sido mais fácil manter os pensamentos longe de tópicos perturbadores se o quarto não estivesse tão mofado. Do jeito que era, o bolor letal misturava-se de maneira repulsiva com a catinga geral de peixe da cidade, conduzindo a imaginação de qualquer pessoa para pensamentos de putrefação e morte.

Outro elemento perturbador era a inexistência de um ferrolho na porta do quarto. As marcas mostravam com nitidez que houvera um antes, mas havia sinais de que fora removido fazia pouco tempo. Por certo ele ter-se-ia deteriorado como muitas outras coisas naquele edifício decrépito. Em meu nervosismo, corri os olhos em volta e descobri um ferrolho no guarda-roupa que, a julgar pelas marcas, parecia do mesmo tamanho do que estivera antes na porta. Para aplacar um pouco meu nervosismo, tratei de colocar aquela ferragem no seu lugar, livre, com a ajuda de uma providencial ferramenta três em um com chave de fenda que eu trazia sempre presa em meu chaveiro. O ferrolho encaixou-se com perfeição e fiquei mais tranquilo quando percebi que conseguiria fechá-lo com firmeza antes de me recolher. Não que eu tivesse alguma consciência real de sua necessidade, mas qualquer símbolo de segurança seria bem-vindo num ambiente daqueles. Havia parafusos adequados nas duas portas laterais que davam para os quartos adjacentes e usei-os para fixar o ferrolho.

Não tirei a roupa e resolvi ficar lendo até o sono baixar e então me deitar tirando apenas o casaco, o colarinho e os sapatos. Tirei uma lanterna portátil da valise e coloquei-a no bolso da calça para saber as horas se acordasse, mais tarde, no escuro. O sono, porém, não chegava e, quando parei de analisar meus pensamentos, notei, para minha inquietude, que estava de fato ouvindo alguma coisa sem perceber — alguma coisa que me apavorava, mas não conseguia nomear. Aquela história do inspetor havia penetrado mais fundo do que eu suspeitara em minha imaginação. Tentei retomar a leitura, mas não conseguia fazer nenhum progresso.

Alguns instantes depois, pareceu-me ouvir passos regulares fazendo ranger as escadas e os corredores, e me perguntei se os outros quartos estavam começando a encher. Não havia vozes, porém, e me pareceu que havia alguma coisa furtiva naqueles passos. Aquilo me deixou apreensivo e fiquei em dúvida se devia mesmo tentar dormir. Aquela cidade tinha uma gente muito estranha e era certo que haviam constatado vários desaparecimentos. Seria essa uma daquelas pousadas onde os viajantes são mortos para serem roubados? A verdade é que eu não tinha lá um ar de grande prosperidade. Ou será que os moradores ficavam muito ressabiados com visitantes enxeridos? Será que as minhas visíveis excursões turísticas e as consultas constantes ao mapa teriam provocado comentários desfavoráveis? Ocorreu-me que eu devia estar em estado de grande nervosismo para deixar que uns rangidos aleatórios me provocassem tais especulações —, mas lamentei, mesmo assim, não estar armado.

Por fim, sentindo uma fadiga que não tinha nada de sonolência, aferrolhei a porta recém-equipada do corredor, apaguei a luz e me atirei na cama dura e irregular — de casaco, colarinho, sapatos, tudo. Na escuridão, os ruídos mais tênues da noite pareciam amplificados e uma torrente de pensamentos duplamente desagradáveis me acometeu. Lamentei ter apagado a luz, mas estava cansado demais para me levantar e acendê-la de novo. Então, depois de um longo e terrível intervalo, e precedido por novos rangidos na escada e no corredor, ouvi o ruído débil e inconfundível que parecia a maléfica realização de meus temores. Sem a menor sombra de dúvida, a fechadura da minha porta havia sido testada — de maneira cautelosa, furtiva, tentativa — com uma chave.

Minhas sensações depois de identificar aquele indício de perigo real talvez não tenham sido mais tumultuadas por causa dos vagos temores que já me acometiam. Eu estava, sem motivo definido, por instinto, em guarda — o que era uma vantagem na nova e verdadeira crise, qualquer que ela viesse a ser. Mas a mudança da ameaça, de vaga premonição para uma realidade imediata, foi um choque que se abateu sobre mim com a força de um verdadeiro golpe. Em nenhum momento me ocorreu que aquela mexeção na fechadura pudesse ser um mero engano. Propósito maléfico era tudo que eu podia pensar e me conservei em absoluto silêncio esperando pelo próximo movimento do intruso.

Depois de algum tempo, os estalidos cautelosos cessaram e eu ouvi entrarem no quarto ao norte do meu com uma chave mestra. Depois, a fechadura da porta de ligação com o meu quarto foi testada com cautela. O ferrolho aguentou e eu pude escutar o assoalho ranger quando o intruso saiu do quarto. Pouco depois, ouvi novo estalido suave e percebi que o quarto ao sul do meu havia sido invadido. De novo, uma furtiva tentativa na porta de ligação aferrolhada e de novo os rangidos de alguém que se afasta. Dessa vez, os rangidos prosseguiram pelo corredor e escada abaixo, e notei que o intruso percebera que as minhas portas estavam aferrolhadas e estava desistindo de sua tentativa, ao menos por algum tempo, como o futuro iria revelar.

A presteza com que arquitetei um plano de ação prova que, em meu subconsciente, eu devia estar, já há algum tempo, temendo alguma ameaça e avaliando meios possíveis de fuga. Desde o início eu sentira que o intruso invisível representava um perigo do qual não me deveria aproximar e encarar, mas apenas fugir a toda pressa. A única coisa que eu tinha a fazer era escapar daquele hotel com vida o mais depressa possível e por algum caminho que não fosse a escada principal e o saguão.

Erguendo-me devagar, dirigi o facho da lanterna para o interruptor e procurei acender a luz sobre a cama para poder escolher e colocar no bolso alguns objetos para uma fuga rápida sem a valise. Nada aconteceu, porém, e percebi que haviam cortado a força. Alguma mobilização secreta e maligna estava decerto em curso em larga escala — o que era, eu não saberia dizer. Enquanto estava ali parado, meditando, com a mão sobre o inútil interruptor, ouvi um rangido abafado no andar de baixo e pensei ter distinguido vagamente algumas vozes conversando. Um instante depois, senti-me menos seguro de que os sons mais guturais fossem vozes, pois os aparentes latidos roucos e grasnidos mal articulados guardavam pouquíssima semelhança com a fala humana. Então eu me recordei com renovada intensidade o que o inspetor de fábrica tinha escutado à noite naquele edifício mofado e pestilento.

Depois de abastecer os bolsos com a ajuda da lanterna, vesti o chapéu e fui na ponta dos pés até a janela para avaliar minhas chances de descida. A despeito das normas estaduais, não havia escada de incêndio daquele lado do hotel, e percebi que uma distância perpendicular de três andares separava minha janela do pátio calçado de pedras. À direita e à esquerda, porém, uns velhos edifícios comerciais de tijolo ficavam encostados ao hotel e seus telhados oblíquos chegavam a uma distância de salto razoável do quarto andar em que eu estava. Para alcançar qualquer uma dessas filas de prédios, eu teria de estar num quarto a duas portas do meu — num dos casos, para o norte, no outro, para o sul — e pus minha imaginação para trabalhar prontamente calculando as chances que eu teria de me transferir para um deles.

Decidi que não poderia arriscar um aparecimento no corredor, onde meus passos por certo seriam escutados e as dificuldades de acesso ao quarto desejado seriam insuperáveis. Meu avanço, se o conseguiria, teria de ser através das portas de ligação menos sólidas que separavam os quartos, cujos trincos e ferrolhos eu teria de forçar, usando o ombro como aríete quando fosse necessário. Achei que isso seria possível pelo estado lastimável da casa e de suas ferragens, mas percebi que não poderia fazê-lo sem barulho. Teria de contar com uma ação velocíssima e a chance de alcançar uma janela antes que alguma força hostil se coordenasse o suficiente para abrir a porta certa até mim com uma chave mestra. Tratei então de empurrar a escrivaninha para escorar a porta de meu quarto para o corredor — pouco a pouco, a fim de fazer o mínimo de ruído.

Era evidente que minhas chances eram muito escassas e eu estava preparado para qualquer calamidade. O simples fato de alcançar outro telhado não resolveria o problema, pois ainda me restaria a tarefa de ganhar o chão e fugir da cidade. Uma coisa a meu favor era a condição arruinada e deserta das construções adjacentes e o número de claraboias escuras escancaradas de cada lado.

Deduzindo, com base no mapa do rapaz da venda, que o melhor caminho para sair da cidade era pelo sul, olhei primeiro para a porta de ligação com o quarto do lado sul. Ela abria-se para dentro do meu quarto, porém, pude perceber — depois de correr o ferrolho e descobrir que havia outras trancas fechadas — que não era favorável para ser arrombada. Abandonando-a como caminho de saída, empurrei com cuidado a armação da cama até encostar nela para impedir algum ataque que pudesse vir do quarto ao lado. A porta de ligação com o quarto do norte abria para o outro lado e notei — embora um teste me informasse que ela estava trancada ou aferrolhada do outro lado — que minha evasão teria de ser por ali. Se eu pudesse alcançar os telhados dos prédios da Paine Street e descer até o chão, talvez conseguisse disparar pelos pátios e as construções adjacentes ou opostas até a Washington ou a Bates — ou então emergir na Paine e contornar para o sul até a Washington. De qualquer forma, eu tentaria alcançar, de algum jeito, a Washington e fugir a toda da região da Town Square. Minha preferência era evitar a Paine, já que o posto do Corpo de Bombeiros poderia ficar aberto a noite toda.

Enquanto meditava sobre essas coisas, olhei para fora, para o oceano esquálido de telhados em ruínas, agora abrilhantado pelos raios da lua que começava a minguar. À direita, a fenda escura da garganta do rio cortava a paisagem: fábricas desertas e estação de trem pendendo-se como cracas para os lados. Além delas, a ferrovia enferrujada e a estrada Rowley estendiam-se por um terreno plano e pantanoso pontilhado de ilhotas de terreno mais alto e mais seco coberto de arbustos. À esquerda, o interior sulcado de córregos ficava mais perto, com a estreita estrada para Ipswich cintilando esbranquiçada ao luar. Do lado do hotel onde eu estava, não podia avistar a estrada para o sul, em direção a Arkham, que pretendia tomar.

Eu estava especulando, indeciso, sobre o melhor momento de atacar a porta do norte e como fazê-lo com o menor ruído possível quando percebi que os ruídos indistintos em baixo haviam dado lugar a um novo e mais forte ranger das escadas. Uma luz bruxuleante filtrou pelas frestas da porta e as tábuas do assoalho do corredor começaram a gemer sob um peso considerável. Sons abafados de origem aparentemente vocal aproximaram-se, até que alguém bateu com força na porta do meu quarto.

Por um instante, eu apenas contive a respiração e esperei. Uma eternidade pareceu escoar e o fedor repulsivo de peixe pareceu crescer de maneira repentina e espetacular. Depois repetiram a batida — de maneira ritmada e com crescente insistência. Eu sabia que o momento de agir havia chegado e soltei o ferrolho da porta de ligação do norte, preparando-me para a tentativa de arrombamento. As batidas foram ficando mais fortes, aumentando minha esperança de que sua altura pudesse encobrir o barulho de meus esforços. Empreendendo, enfim, a minha tentativa, joguei-me várias vezes com o ombro esquerdo contra os painéis da porta sem me importar com o choque ou a dor. A porta resistiu mais do que eu esperava, mas não desisti. Entrementes, o alarido na porta do corredor ia aumentando sem parar.

Finalmente, a porta de ligação cedeu, mas com tal estrondo, que tive certeza de que os de fora teriam escutado. No mesmo instante, as batidas na porta transformaram-se numa agressão violenta, enquanto chaves soavam ameaçadoras nas portas para o corredor dos quatros dos dois lados de onde eu estava. Correndo pela passagem recém-aberta, consegui aferrolhar a porta do corredor do quarto do norte antes que a fechadura fosse aberta, mas, enquanto fazia isso, pude ouvir a porta do corredor do terceiro quarto — aquele de cuja janela eu esperava atingir o telhado abaixo — ser experimentada com uma chave mestra.

Por um momento, meu desespero foi total, pois me pareceu inevitável que eu seria apanhado num quarto sem janelas para o exterior. Uma onda de terror quase anormal me percorreu, investindo de uma singularidade terrível mas inexplicável as pegadas deixadas no pó pelo intruso que havia tentado abrir a porta para o meu quarto, que vislumbrei sob o facho da lanterna. Depois, agindo com pasmo automatismo que persistiu apesar do caráter insustentável de minha situação, avancei para a porta de conexão seguinte e fiz o movimento cego de empurrá-la no esforço para a transpor e — imaginando que as trancas estivessem providencialmente intatas como as deste segundo quarto — aferrolhar a porta do corredor antes que a fechadura fosse aberta por fora.

Uma sorte absoluta adiou a minha sentença, pois a porta de ligação à minha frente não só estava destrancada como, de fato, entreaberta. Num segundo eu cruzei por ela e meti o joelho direito e o ombro contra a porta do corredor que estava sendo aberta para dentro. A pressão que eu fiz pegou o invasor de surpresa, pois a porta fechou com o empurrão, permitindo que eu corresse o ferrolho bem conservado como fizera na outra porta.

Enquanto conquistava esse alívio temporário, ouvi quando as batidas nas outras duas portas cessaram e um alarido confuso erguia-se à porta que eu havia escorado com a cama. Com toda certeza, a maior parte de meus atacantes havia entrado no quarto do lado sul e estava-se juntando para um ataque lateral. No mesmo instante, uma chave mestra fez-se ouvir na porta seguinte ao norte, e eu percebi que havia um perigo mais próximo.

A porta de ligação do lado norte estava escancarada, mas não dava tempo para pensar em verificar a fechadura que já estava sendo virada do corredor. Tudo que eu podia fazer era fechar e aferrolhar a porta de conexão aberta bem como a sua irmã do lado oposto — empurrando uma cama contra a primeira e uma escrivaninha contra a outra e deslocando um lavatório para diante da porta do corredor. Eu teria de confiar naqueles obstáculos improvisados para me proteger até alcançar a janela e o telhado sobre a casa da Paine Street. Mas, mesmo naquele momento crítico, meu maior horror era algo diferente da fraqueza imediata de minhas defesas. Eu estava tremendo, porque nenhum de meus perseguidores, a despeito de alguns arquejos, grunhidos e uivos contidos e repulsivos em intervalos irregulares, emitia algum som vocal inteligível ou não abafado.

Enquanto eu arrastava os móveis e corria para a janela, ouvi uma correria assustada pelo corredor até o quarto ao norte do que eu ocupava e percebi que as batidas do lado sul haviam cessado. Estava evidente que a maioria dos meus inimigos pretendia concentrar-se na frágil porta de ligação que sabidamente se abriria bem onde eu estava. Lá fora, a lua brincava sobre o espigão do prédio abaixo e eu pude perceber que a inclinação da superfície onde eu devia pousar tornaria o salto muito perigoso.

Pesando as condições, escolhi por escapar pela janela mais ao sul das duas, planejando pousar no declive interno do telhado e alcançar a claraboia mais próxima. Uma vez dentro da decrépita construção de alvenaria, eu teria de contar com uma perseguição, mas esperava descer e escapar por uma das passagens escancaradas ao longo do pátio sombreado até a Washington Street e me esgueirar para fora da cidade na direção sul.

A pancadaria na porta de ligação do norte era então terrível e notei que as folhas da porta estavam começando a lascar. Era evidente que os sitiantes haviam trazido algum objeto pesado para fazer de aríete. A cama resistiu, porém, o que me deu ao menos uma chance remota de sucesso na fuga. Enquanto abria a janela, notei que ela era flanqueada por pesados reposteiros de veludo suspensos numa vara por argolas de latão e também que havia um prendedor para os postigos no exterior. Vendo ali um meio de evitar um salto perigoso, dei um puxão nas cortinas e as trouxe para baixo com vara e tudo, e depois enganchei duas argolas no prendedor da janela e soltei a cortina para fora. As pesadas dobras caíram em cheio no telhado saliente e notei que as argolas e o prendedor provavelmente suportariam o meu peso. Assim, subindo no parapeito da janela e usando a improvisada escada de corda, deixei para trás, para sempre, o tecido mórbido e infectado de horror da Gilman House.

Pousei com segurança nas telhas de ardósia soltas do íngreme telhado e consegui alcançar a escura claraboia escancarada sem um escorregão. Olhando para cima, para a janela de onde eu saíra, observei que ela ainda estava às escuras, embora pudesse notar, ao longe, ao norte, para além das chaminés em ruínas, as luzes brilhando ameaçadoras na Casa da Ordem de Dagon, na Igreja Batista e na Igreja Congregacional, cuja mera lembrança me dava calafrios. Não parecia haver ninguém no pátio abaixo e contava com uma chance de fugir antes de o alarme geral espalhar-se. Dirigindo o facho da lanterna para a claraboia, vi que não havia degraus para descer. Mas a altura era baixa e, segurando-me na borda, deixei-me cair sobre um assoalho empoeirado forrado de caixas e barris esfacelados.

O lugar era aterrador, mas eu me abstraí dessas impressões e rumei de imediato para a escada que a lanterna me revelou — não sem antes consultar apressado o relógio que indicava duas da manhã. Os degraus estalavam, mas pareciam sólidos, e eu me precipitei para baixo cruzando um segundo andar com jeito de celeiro até chegar ao térreo. O abandono era total e apenas ecos respondiam ao som de meus passos. Cheguei enfim ao vestíbulo térreo com um retângulo fracamente iluminado numa ponta indicando a ruinosa passagem para a Paine Street. Caminhando na direção oposta, encontrei uma porta dos fundos que também estava aberta e saí em disparada pelos cinco degraus de pedra até o calçamento de pedras arredondadas coberto de mato do pátio.

O luar não chegava até ali, mas consegui orientar-me com a ajuda da lanterna. Uma luz fraca emanava de algumas janelas do lado da Gilman House e pensei ter ouvido sons confusos saindo lá de dentro. Caminhei em silêncio para o lado da Washington Street e, notando a existência de várias passagens abertas, escolhi a mais próxima para sair. O interior da passagem estava escuro e, quando atingi a outra ponta, notei que a porta para a rua estava solidamente calçada por cunhas. Decidido a tentar outro prédio, voltei às apalpadelas para o pátio, mas parei pouco antes da abertura.

Por uma porta aberta na Gilman House, escoava para fora uma grande multidão de vultos suspeitos — lanternas balouçavam na escuridão e horríveis vozes grasnadas emitiam gritinhos em alguma língua que com certeza não era o inglês. Os vultos movimentavam-se de maneira atabalhoada e pude perceber, para meu alívio, que não sabiam para onde eu havia ido, mas, mesmo assim, um arrepio de horror me traspassou. Não dava para distinguir as suas feições, mas seu jeito bamboleado e curvo de andar causava uma extrema repulsa. O pior foi quando notei um vulto usando um estranho manto e a inconfundível tiara daquele modelo que já me era por demais familiar. Enquanto os vultos iam-se espalhando pelo pátio, meus temores foram aumentando. E se eu não conseguisse encontrar uma saída daquele prédio para a rua? O fedor de peixe era abominável e pensei que talvez não conseguisse suportá-lo muito tempo sem desmaiar. Tateando de novo na direção da rua, abri uma porta do vestíbulo e entrei num quarto vazio com janelas bem fechadas, mas sem caixilhos. Correndo a luz da lanterna, percebi que poderia abrir os postigos e, um segundo depois, eu saltava para fora e fechava a passagem com cuidado para ficar como antes.

Eu estava na Washington Street, então, e por alguns instantes não avistei vivalma nem qualquer sinal de luz, salvo a lua. Vindas de direções distintas e longínquas, porém, eu podia ouvir o som de vozes roucas, passos e um tipo curioso de chapinhar que não soava muito como passadas. Não tinha tempo a perder. Os pontos cardeais estavam claros para mim e me agradou que as luzes da iluminação pública estivessem apagadas, como de hábito nas zonas rurais pobres em noites enluaradas. Alguns sons vinham do sul, mas mantive a decisão de fugir naquela direção. Como eu bem imaginava, teria de haver muitos pórticos desertos que me poderiam proteger caso eu topasse com alguma pessoa ou grupo com ar perseguidor.

Avancei com rapidez, mas em silêncio, rente às casas arruinadas. Apesar de estar desgrenhado e sem chapéu ao fim da esgotante subida, eu não tinha uma aparência que chamasse a atenção e tinha boas chances de passar despercebido se cruzasse com algum transeunte casual. Na Bates Street, enfiei-me num portal escancarado enquanto dois vultos cambaleantes cruzavam à minha frente, mas logo retomei o caminho e me aproximei do espaço aberto onde a Eliot Street atravessa enviesada a Washington no cruzamento com a South. Conquanto ainda não tivesse visto aquele espaço, ele me parecera perigoso no mapa do rapaz da venda, pois ali a luz do luar podia-se espalhar sem obstáculos. Não valia à pena tentar evitá-lo; qualquer percurso alternativo envolveria a possibilidade de desvios com desastrosa visibilidade e um efeito retardador. A única coisa a fazer era cruzá-lo com ousadia e às claras, imitando o melhor que pudesse o andar bamboleante típico da gente de Innsmouth e confiando que ninguém — ou, ao menos, nenhum de meus perseguidores — estivesse por perto.

Eu não podia ter a menor ideia do grau de organização da perseguição — e, na verdade, quais seriam seus propósitos. Parecia haver uma atividade inusitada na cidade, mas imaginei que a notícia de minha fuga do Gilman ainda não se havia espalhado. Eu logo teria de sair da Washington para alguma outra rua que fosse para o sul, pois aquele grupo do hotel sem dúvida estaria na minha cola. Eu devia ter deixado pegadas na poeira daquele último prédio velho, revelando como havia chegado à rua.

O espaço aberto estava intensamente iluminado pelo luar, como eu previra, e eu pude avistar os restos de um gramado cercado por uma grande de ferro, como se fosse um parque, no centro. Por sorte não havia ninguém por ali, mas um estranho zumbido ou rugido parecia crescer na direção da Town Square. A South Street era muito larga, seguindo reta, num declive suave, até o cais e dominando uma ampla visão do mar. Minha esperança era que ninguém a estivesse observando de longe enquanto eu a cruzava sob o luar brilhante.

Avancei sem ser perturbado e não ouvi nenhum ruído indicando algum espião. Olhando ao redor, desacelerei involuntariamente o passo para dar uma espiada no mar que ardia deslumbrante sob o luar no fim da rua. Muito além, do quebra-mar emergia a linha escura e sinistra do Devil Reef e, ao vislumbrá-lo, não pude deixar de pensar em todas aquelas lendas odiosas que ouvira nas últimas trinta e quatro horas — lendas que retratavam aquele recife escabroso como um verdadeiro portal para reinos de um horror insondável e uma aberração inconcebível.

Então, sem nenhum aviso, enxerguei os clarões intermitentes de luz no recife distante. Eram definidos e inconfundíveis, despertando em minha consciência um horror cego e irracional. Meus músculos entesaram-se prontos para uma fuga alucinada, que só foi contida por certa cautela inconsciente e uma fascinação quase hipnótica. Para piorar, uma sequência de clarões espaçados análogos, mas diferentes, que não podiam deixar de ser sinais de resposta, brilharam então na alta cúpula da Gilman House, que se erguia às minhas costas em direção ao nordeste.

Controlando os músculos e percebendo mais uma vez o quanto que eu estava exposto, retomei com maior vigor minha simulação de andar bamboleante, sem tirar os olhos daquele recife diabólico e aziago enquanto a abertura da South Street me permitiu a visão do mar. O que aquele procedimento todo significava, eu não podia imaginar; talvez se tratasse de algum estranho rito associado ao Devil Reef, ou talvez algum grupo houvesse desembarcado de um navio naquele rochedo sinistro. Dobrei então para a esquerda depois de contornar o gramado esquálido, ainda de olho no oceano que cintilava sob o luar espectral de verão e observando os misteriosos clarões daqueles inomináveis, inexplicáveis sinais.

Foi então que a impressão mais terrível de abalo abateu-se sobre mim — o abalo que destruiu meus derradeiros vestígios de autocontrole e me fez sair disparado em alucinada carreira em direção ao sul, deixando para trás os escuros pórticos escancarados e as janelas arregaladas daquela rua deserta de pesadelo. Isso porque, num olhar mais atento, eu havia observado que as águas enluaradas entre o recife e a praia não estavam nem de longe vazias. Elas estavam vivas, fervilhando com uma horda de vultos que nadavam na direção da cidade, e, mesmo da enorme distância em que eu estava e com a curta duração de meu olhar, eu poderia dizer que as cabeças protuberantes e os membros que açoitavam a água não eram de tal modo inumanos e aberrantes, que a duras penas poderiam ser descritos ou conscientemente formulados.

Minha corrida frenética cessou antes de eu ter percorrido um quarteirão, pois comecei a ouvir, à minha esquerda, algo como o alarido de uma perseguição organizada. Ouviam-se passos e sons guturais, e um motor falhando resfolegou para o sul pela Federal Street. Num instante tive que mudar todos os meus planos, pois, se o caminho para o sul à minha frente estava bloqueado, eu teria de encontrar outra saída de Innsmouth. Parei e me enfiei por uma porta aberta, refletindo na sorte que tivera de sair do espaço aberto e enluarado antes daqueles perseguidores passarem pela rua paralela.

Uma segunda reflexão foi menos alentadora. Como a perseguição estava sendo feita em outra rua, era evidente que o grupo não estava seguindo-me diretamente. Ele não me havia visto e estava apenas obedecendo um plano geral de barrar a minha fuga. Contudo, isso significava que todos os caminhos que levavam para fora de Innsmouth estariam também patrulhados, já que eles não poderiam saber o qual eu pretendia tomar. Sendo assim, eu teria que fazer minha escapada pelo campo, longe de qualquer estrada. Mas como poderia fazê-lo naquela natureza pantanosa e acidentada de toda a região circundante? Por um instante, minha razão vacilou, tanto por absoluto desespero quanto pela rápida concentração daquela catinga onipresente de peixe.

Foi então que me lembrei da ferrovia abandonada para Rowley, cuja sólida base de terra coberta de mato e cascalho ainda se estendia para noroeste saindo da estação em ruínas na beira da garganta do rio. Havia uma possibilidade de os moradores da cidade não terem pensado nela, pois, com o seu abandono, ela ficara inteiramente coberta de arbustos espinhosos e quase intransitável, o caminho menos provável que algum fugitivo escolheria. Eu a vira com nitidez da minha janela no hotel e sabia onde ela estava. A maior parte de seu percurso inicial era visível da estrada para Rowley e dos pontos altos da própria cidade, mas talvez fosse possível alguém se arrastar sem ser visto por entre os arbustos. De qualquer sorte, essa seria minha única chance de fuga e só me restava tentar.

Enfiado no interior do vestíbulo de meu abrigo abandonado, consultei uma vez mais o mapa do rapaz da venda com a ajuda da lanterna. O problema imediato era como alcançar a antiga ferrovia, e eu percebi então que o caminho mais seguro era seguir reto pela Babson Street, depois para oeste pela Lafayette — lá contornando, sem cruzar, um espaço aberto semelhante ao que eu havia atravessado —, e em seguida voltando para o norte e para oeste numa linha em zigue-zague pela Lafayette, Bates, Adams e Bank Streets — esta última margeando a garganta do rio — até a estação deserta e dilapidada que eu vira da minha janela. Minha razão para seguir pela Babson era que eu não queria cruzar de novo o espaço aberto nem iniciar meu percurso para oeste por uma rua transversal larga como a South.

Pondo-me mais uma vez em movimento, cruzei a rua para o lado direito a fim de dobrar a esquina para a Babson sem ser visto. A algazarra na Federal Street persistia e, quando olhei para trás, pensei ter visto um brilho de luz perto do edifício de onde havia escapado. Ansioso para sair da Washington Street, apressei o passo, sem fazer barulho, confiando na sorte de que nenhum olhar vigilante me veria. Perto da esquina da Babson Street, observei, para grande susto, que uma das casas continuava habitada como atestavam as cortinas da janela, mas as luzes no interior estavam apagadas, e eu cruzei por ela sem problemas.

Na Babson Street, que era transversal à Federal Street e podia revelar-me aos perseguidores, colei-me o mais rente que pude às construções periclitantes e desparelhas, parando, por duas vezes, em algum portal quando os ruídos às minhas costas pareceram crescer momentaneamente. O espaço aberto à frente brilhava amplo e desolado sob o luar, mas meu percurso não me obrigaria a cruzá-lo. Durante minha segunda parada, comecei a captar uma nova distribuição de sons vagos e, depois de espiar com cuidado para fora do esconderijo, vi um automóvel disparando pelo espaço aberto na direção da Eliot Street, que cruza com as duas, a Babson e a Lafayette.

Enquanto olhava — sufocado por um súbito aumento da catinga de peixe depois de um curto período de diminuição, vi um bando de vultos curvos e desajeitados caminhando apressado e cambaleante na mesma direção e concluí que devia ser o grupo que estava de guarda na estrada para Ipswich, já que aquela estrada era uma continuação da Eliot Street. Dois vultos do grupo que vislumbrei trajavam mantos volumosos e um deles usava um diadema afunilado que cintilava palidamente ao luar. O modo de andar dessa figura era tão estranho, que me provocou calafrios, pois me deu a impressão que a criatura estava quase saltitando.

Quando o último componente do bando sumiu de vista, retomei meu caminho, dobrando a esquina em disparada para a Lafayette Street e cruzando a Eliot a toda pressa para o caso de algum desgarrado do grupo ainda estar seguindo por aquela rua. Escutei tropéis e grasnidos distantes para o lado da Town Square, mas completei a passagem sem problemas. Meu maior pavor era que teria de cruzar de novo a larga e enluarada South Street — com sua vista para o mar — e tive de juntar coragem para enfrentar mais essa provação. Alguém poderia estar olhando e os desgarrados na Eliot Street não poderiam deixar de me vislumbrar de nenhum dos dois pontos. No último momento, decidi que o melhor a fazer era desacelerar o passo e fazer o cruzamento como antes, com o modo de andar cambaleante de um nativo médio de Innsmouth.

Quando a visão da água descortinou-se de novo — dessa vez à minha direita —, eu estava quase decidido a não olhar para ela em hipótese nenhuma. Contudo, não consegui resistir e lancei um olhar de soslaio enquanto cambaleava, em minha cuidadosa imitação de andar, para as sombras protetoras à frente. Não havia nenhum navio à vista, como eu suspeitava que haveria, mas a primeira coisa que meus olhos captaram foi um pequeno barco a remo avançando na direção do cais abandonado, carregando um objeto volumoso coberto por encerado. Seus remadores, embora os visse de longe e sem nitidez, me pareceram muitíssimo repulsivos. Pude distinguir ainda vários nadadores e ver, sobre o recife escuro distante, um clarão fraco persistente distinto do facho intermitente de antes, cuja tonalidade bizarra não poderia precisar. Por sobre os telhados oblíquos à frente e à direita, erguia-se a alta cúpula da Gilman House inteiramente às escuras. O cheiro de peixe que uma brisa piedosa havia dispersado por um momento recrudescera de novo com furiosa intensidade.

Mal havia cruzado a rua, escutei um bando avançar murmurando pela Washington vindo do norte. Quando ele atingiu o amplo espaço aberto de onde eu tivera meu primeiro vislumbre inquietador da água enluarada, tive a oportunidade de avistá-lo com nitidez a um quarteirão de distância apenas, e horrorizou-me a anomalia bestial de suas feições e o aspecto canino e sub-humano de seu andar encurvado. Um homem avançava de maneira quase simiesca, com os braços compridos roçando muitas vezes o chão, enquanto outro vulto — de manto e tiara — parecia locomover-se saltitando. Imaginei que aquele grupo fosse o que eu havia visto no pátio do Gilman — aquele, portanto, que estava mais perto em minha cola. Quando alguns vultos viraram-se para olhar em minha direção, o terror quase me paralisou, mas consegui manter o passo cambaleante e casual que havia adotado. Até hoje não sei se me viram ou não. Se viram, meu truque os convenceu, porque cruzaram o espaço enluarado sem desviar do seu caminho, grasnando e tagarelando em algum repulsivo patoá gutural que não consegui decifrar.

De novo na sombra, retomei o mesmo passo acelerado de antes, passando pelas casas decrépitas e inclinadas fitando cegamente a noite. Tendo cruzado para a calçada do lado oeste, dobrei a esquina seguinte para a Bates Street, onde me mantive rente às construções do lado sul. Cruzei duas casas com sinais de habitação, uma delas com luzes fracas nos quartos superiores, mas não encontrei obstáculos. Julguei que estaria mais seguro ao dobrar a esquina para a Adams, mas recebi um choque quando um homem saiu cambaleando de uma varanda às escuras bem na minha frente. Por sorte, ele provou estar bêbado demais para representar alguma ameaça, e eu consegui alcançar em segurança as ruínas tenebrosas dos armazéns da Bank Street.

Não havia ninguém se mexendo naquela rua morta do lado da garganta do rio, e o rugido da catarata quase afogava o som dos meus passos. Foi uma longa corrida até a estação em ruínas, e as paredes dos grandes armazéns de tijolo que me cercavam eram mais assustadoras que as fachadas das casas particulares. Avistei enfim a antiga estação com arcadas — ou o que havia restado dela — e me dirigi sem perder um segundo para os trilhos na extremidade oposta.

Os trilhos estavam enferrujados, mas, no geral, intatos, e não mais do que a metade dos dormentes estava podre. Caminhar ou correr sobre uma superfície daquelas era muito difícil, mas fiz o melhor que pude e, no geral, consegui fazê-lo num bom tempo. Por alguma distância, os trilhos acompanhavam a margem da garganta, até que alcancei a ponte comprida e coberta onde eles cruzavam o abismo numa altura estonteante. O estado da ponte determinaria meu próximo passo. Se fosse humanamente possível, eu a usaria; se não, teria de arriscar novas andanças pelas ruas da cidade até a ponte de estrada de rodagem mais próxima.

A enorme extensão da velha ponte com jeito de celeiro brilhava espectral ao luar e notei que os dormentes estavam firmes ao menos por alguns metros. Entrando por ela, acendi a lanterna e quase fui derrubado pela nuvem de morcegos que passou esvoaçando por mim. No meio da travessia, abria-se um perigoso espaço entre os dormentes, e, por um instante, temi que me impedisse de avançar, mas arrisquei um salto perigoso que, por sorte, foi bem-sucedido.

Avistar novamente o luar quando emergi daquele túnel macabro foi uma grata satisfação. Os velhos trilhos cruzavam a River Street em desnível e logo depois dobravam para uma região cada vez mais rural onde o abominável fedor de peixe de Innsmouth ia se desfazendo. Ali, as moitas densas de mato espinhoso atrapalhavam a passagem rasgando cruelmente as minhas roupas, mas me alegrou ainda assim saber que elas poderiam ocultar-me em caso de perigo. Eu sabia que boa parte de meu percurso seria visível da estrada para Rowley.

A região pantanosa começava logo em seguida, com os trilhos correndo sobre um aterro baixo coberto por um mato um pouco mais ralo. Depois vinha uma espécie de ilha de terreno mais alto, onde a linha cruzava um corte aberto e raso atravancado de arbustos e espinheiros. Aquele abrigo parcial me alegrou bastante, já que naquele ponto a estrada de Rowley ficava a uma distância perigosamente próxima conforme a visão da minha janela. No final da abertura, ela cruzava a linha e afastava-se a uma distância segura, mas até lá eu teria de ser cauteloso ao extremo. A essa altura, eu estava certo de que a ferrovia não estava sendo patrulhada.

Pouco antes de entrar no trecho escavado, olhei para trás, mas não percebi nenhum seguidor. Os velhos telhados e cúpulas da decaída Innsmouth brilhavam adoráveis e etéreos ao mágico luar amarelado, e imaginei como deviam ter sido nos velhos tempos antes de as sombras descerem. Depois, correndo o olhar da cidade para o interior, algo menos tranquilizador chamou minha atenção e me paralisou por um segundo.

O que eu vi — ou imaginei ter visto — foi uma perturbadora sugestão de um distante movimento ondulatório ao sul, sugerindo uma horda muito grande saindo da cidade pela estrada plana para Ipswich. A distância era grande e eu não podia distinguir nada com detalhes, mas a aparência daquela coluna móvel me deixou muito inquieto. Ela ondulava demais e brilhava com extrema intensidade sob o clarão da lua que descambava então para o oeste. Havia também uma sugestão de sons, mas o vento soprava na direção oposta — a sugestão de som rascantes bestiais e vozerio ainda pior que os murmúrios dos grupos que tinha flagrado antes.

Toda sorte de conjecturas desagradáveis passou pela minha cabeça. Pensei naqueles tipos extremos de Innsmouth que, segundo se dizia, viviam apinhados naquelas pocilgas centenárias caindo em pedaços perto do cais. Pensei também naqueles nadadores obscuros que tinha visto. Contando os grupos avistados de longe e os que estariam vigiando as outras estradas, o número de meus perseguidores devia ser grande demais para uma cidade tão pouco habitada como Innsmouth.

De onde poderia vir a densa multidão da coluna que eu então avistava? Estariam aquelas velhas e insondáveis pocilgas apinhadas de moradores disformes, insuspeitos e ilegais? Ou teria algum navio invisível desembarcado uma legião de forasteiros estranhos naquele recife maldito? Quem eram eles? Por que estavam ali? E, se uma coluna deles estava percorrendo a estrada para Ipswich, teriam reforçado também as patrulhas nas outras estradas?

Eu tinha entrado na abertura de terreno coberta de mato e progredia com grande dificuldade quando aquele maldito fedor de peixe impôs-se uma vez mais. Teria o vento mudado de repente para leste, soprando agora do mar para a cidade? Conclui que devia ser isso quando comecei a ouvir murmúrios guturais assustadores vindo daquela direção até então silenciosa. Ouvi também um outro som — uma espécie de tropel colossal coletivo que, de alguma forma, invocava imagens das mais detestáveis. Aquilo me fez pensar ilogicamente na repulsiva coluna ondulante na distante estrada para Ipswich.

Os sons e o fedor foram ficando tão fortes, que me fizeram parar, estremecendo, agradecido pela proteção que o corte do terreno me proporcionava. Era ali, lembrei, que a estrada para

Rowley aproximava-se ao extremo da velha ferrovia antes de cruzá-la para oeste e afastar-se. Havia alguma coisa aproximando-se por aquela estrada, e eu teria que me abaixar até ela passar e desaparecer ao longe. Graças aos céus, aquelas criaturas não usam cães para rastrear — mas isso talvez fosse impossível em meio ao fedor onipresente na região. Agachado entre os arbustos daquela fenda arenosa, eu me senti mais seguro, mesmo sabendo que os perseguidores teriam de cruzar a linha do trem à minha frente a não mais de noventa metros de distância. Eu poderia vê-los, mas eles não poderiam, não fosse por um milagre hediondo, me avistar.

De repente, eu comecei a ficar com medo de vê-los passar. Eu enxergava o espaço enluarado próximo por onde iriam emergir e fui acometido por ideias escabrosas sobre a impiedade irredimível daquele espaço. Talvez fossem os piores dentre todas as criaturas de Innsmouth — algo que ninguém gostaria de recordar.

O fedor tornou-se insuportável e os ruídos cresceram para uma babel bestial de grasnidos, balidos e latidos sem a mínima sugestão de fala humana. Seriam mesmo as vozes de meus perseguidores? Eles teriam cães afinal? Até aquele momento, eu não tinha visto nenhum desses animais menores em Innsmouth. Era monstruoso aquele tropel — eu não poderia olhar para as criaturas degeneradas que o causavam. Manteria os olhos fechados até o som diminuir para as bandas do oeste. A horda estava muito próxima agora — o ar corrompido por seus rosnados roucos e o chão quase vibrando com a cadência de seus passos animalescos. Quase perdi o fôlego e tive de colocar cada partícula de minha força de vontade para manter os olhos fechados.

Mesmo agora eu reluto em dizer se o que se passou foi um fato repugnante ou uma alucinação de pesadelo. A ação posterior do governo, depois de meus frenéticos apelos, tenderia a confirmar que tudo havia sido uma monstruosa verdade, mas não poderia uma alucinação ter se repetido sob o feitiço quase hipnótico daquela ancestral, assombrada e aziaga urbe? Lugares assim têm propriedades estranhas e o legado de lendas insanas poderia perfeitamente ter agido sobre mais de uma imaginação humana em meio àquelas fétidas ruas mortas e a montoeira de telhados podres e cúpulas em ruínas. Não estaria o germe de uma efetiva e contagiosa loucura à espreita das profundezas daquela sombra que paira sobre Innsmouth? Quem poderá estar certo da realidade depois de ouvir coisas como o relato do velho Zadok Allen? As autoridades jamais encontraram o pobre Zadok e não têm ideia do que lhe aconteceu. Onde termina a loucura e começa a realidade? Será possível que até este meu recente pavor seja pura ilusão?

Mas devo tentar dizer o que penso ter visto naquela noite sob a zombeteira lua amarela — visto emergindo e saltitando pela estrada de Rowley à minha frente enquanto eu estava agachado entre os arbustos silvestres daquele ermo escavado da ferrovia. Evidentemente, minha resolução de manter os olhos fechados fracassou. Ela estava condenada ao fracasso; quem poderia ficar agachado, às cegas, enquanto uma legião de criaturas de origem desconhecida grasnando e uivando passavam repugnantes a menos de cem metros de distância?

Eu pensava estar preparado para o pior, e de fato deveria estar considerando tudo que havia visto antes. Meus outros perseguidores haviam sido aberrações malditas; por que não estaria pronto a encarar um fortalecimento da anormalidade, olhar formas onde não houvesse a menor parcela de normalidade? Não abri os olhos até que o alarido gutural ficou tão forte num ponto, que com certeza estava diretamente à minha frente. Eu sabia então que uma boa parte deles devia estar visível ali onde as encostas da escavação diminuíam e a estrada cruzava com a ferrovia, e não pude mais me conter de espiar o horror que a furtiva lua amarela teria a revelar.

Foi o fim de tudo que me tenha sobrado de vida sobre a face desta Terra, de todo vestígio de tranquilidade mental e confiança na integridade da natureza e da mente humana. Nada do que eu poderia ter imaginado — nada, mesmo, que eu poderia ter concluído se houvesse acreditado na história maluca do velho Zadok da maneira mais literal — seria comparável, de alguma maneira, à realidade ímpia, demoníaca que eu vi — ou penso ter visto. Tentei sugerir o que foi para adiar o horror de descrevê-lo cruamente. Como seria possível este planeta ter gerado de fato essas coisas, os olhos humanos terem visto, como matéria concreta, o que o homem até então só conhecia de fantasias febris e lendas vagas?

Mas eu os vi num fluxo interminável — chapinhando, saltitando, grasnando, balindo — emergindo em suas formas bestiais sob o luar espectral numa sarabanda grotesca e maligna de fantasmagórico pesadelo. E alguns deles usavam altas tiaras daquele inominável metal dourado pálido... e alguns trajavam mantos esquisitos... e um deles, o que liderava o grupo, vestia uma capa preta com uma corcova horripilante calças listradas e exibia um chapéu de feltro empoleirado na coisa informe que lhe fazia as vezes de cabeça.

Creio que a cor predominante entre eles era um verde acinzentado, mas tinham os ventres brancos. A maior parte era lisa e luzidia, mas as pregas de suas costas eram cobertas de escamas. Suas formas eram vagamente antropoides, ao passo que suas cabeças eram cabeças de peixe, com olhos enormes saltados que nunca piscavam. Dos lados dos pescoços, projetavam-se guelras vibrantes e suas patas compridas eram palmadas. Andavam saltitando, sem cadência, sobre duas pernas às vezes, sobre quatro outras. Fiquei aliviado, de certa forma, por terem no máximo quatro membros. Suas vozes grasnadas, estridentes, usadas com toda evidência para um discurso articulado, exibiam todos os tons sombrios de expressão que faltavam em suas feições.

Com toda a sua monstruosidade, porém, eles não me pareceram desconhecidos. Sabia perfeitamente o que deviam ser — pois não tinha fresca a lembrança da tiara maligna de Newburyport? Eram os ímpios peixes-rãs do abominável desenho — vivos e horripilantes — e, enquanto eu os observava, pude perceber também do que aquele sacerdote corcunda, de tiara, no porão escuro da igreja, me fizera lembrar apavorado. Sua quantidade ia além das conjecturas. Pareceu-me haver uma multidão interminável deles — e minha olhadela instantânea por certo só teria revelado uma fração mínima. Alguns instantes depois, tudo se apagou num piedoso desmaio, o primeiro de minha vida.

V

Uma suave chuva diurna tirou-me daquele estupor na escavação da ferrovia coberta de mato, e quando eu cambaleei até a estrada à minha frente, não vi qualquer marca de pegadas na lama fresca. O fedor de peixe também havia desaparecido, os telhados em ruínas e as altas cúpulas de Innsmouth emergiam cinzentos no sudoeste, mas não consegui avistar nenhuma criatura viva em todo aquele pântano ermo e salgado que me rodeava. Meu relógio ainda funcionava, informando que passava do meio-dia.

Minha mente não estava convencida da veracidade do que eu havia passado, mas senti que havia alguma coisa hedionda por trás daquilo tudo. Eu precisava sair daquela macabra Innsmouth, e para isso tratei de experimentar minha combalida e paralisada capacidade de locomoção. Apesar da fraqueza, fome, horror e espanto, achei-me em condições de caminhar alguns momentos depois e saí devagar pela estrada lamacenta para Rowley. Cheguei, antes do anoitecer, no vilarejo onde consegui uma refeição e roupas apresentáveis. Tomei o trem noturno para Arkham e, no dia seguinte, tive uma conversa demorada e franca com as autoridades locais, procedimento que repeti, mais adiante, em Boston. O público já está familiarizado com o resultado principal dessas conversas — e eu gostaria, para o bem da normalidade, que não houvesse mais nada a contar. Talvez seja loucura o que me está possuindo, mas, talvez, um horror maior — ou um prodígio maior — esteja manifestando-se.

Como bem se pode imaginar, desisti da maioria dos meus planos de viagem anteriores — as diversões paisagísticas, arquitetônicas e antiquarias com que antes me animavam tanto. Também não ousei procurar aquela peça de joalheria estranha que diziam que estava no Museu da Universidade de Miskatonic. Aproveitei, porém, minha estada em Arkham para coletar anotações arqueológicas que desde há muito desejava possuir, dados apressados e muito toscos, é verdade, mas passíveis de um bom aproveitamento mais tarde quando eu tivesse tempo para organizá-los e classificá-los. O curador da sociedade histórica local — o sr. E. Lapham Peabody — teve a gentileza de me ajudar e manifestou um interesse invulgar quando lhe contei que era neto de Eliza Orne, de Arkham, que nascera em 1867 e se casara com James Williamson de Ohio aos 17 anos.

Ao que parecia, um tio meu havia passado por lá, em pessoa, muitos anos antes, numa busca parecida com a minha, e a família de minha avó era objeto de uma certa curiosidade local. O sr. Peabody me contou que tinha havido muito falatório sobre o casamento de seu pai, Benjamin Orne, pouco depois da Guerra Civil, pois os antecedentes da noiva eram muito misteriosos. Comentava-se que a noiva era uma órfã dos Marsh de New Hampshire — prima dos Marsh do Condado de Essex —, mas sua formação havia sido na França e ela conhecia muito pouco sobre a sua família. Um tutor havia depositado fundos num banco de Boston para a sustentação dela e de sua governanta francesa, mas o nome do tutor não era familiar aos moradores de Arkham, e, com o tempo, ele sumiu de vista e a governanta assumiu seu papel por indicação judicial. A francesa — desde há muito falecida, agora — era muito taciturna e havia quem dissesse que ela poderia ter contado mais do que contou.

O mais desconcertante, porém, foi a impossibilidade de alguém localizar os pais legais da moça — Enoch e Lydia (Meserve) Marsh — entre as famílias conhecidas de New Hampshire. Muitos sugeriam que ela era filha de algum Marsh ilustre — ela com certeza tinha os olhos dos Marsh. Boa parte do quebra-cabeças desfez-se depois de sua morte prematura, quando do nascimento de minha avó, sua única filha. Tendo formado algumas impressões desagradáveis associadas ao nome Marsh, não me caíram bem as notícias de que ele pertencia a minha própria árvore genealógica, nem me agradou a sugestão de Peabody de que eu também tinha os olhos dos Marsh. Agradeci, contudo, pelos dados que sabia que me seriam valiosos e fiz copiosas anotações e listas de referências em livros referentes à bem documentada família Orne.

Fui diretamente de Boston a minha Toledo natal e mais tarde passei um mês em Maumee, recuperando-me das provações. Em setembro, voltei a Oberlin para meu último ano e dali, até junho, me ocupei nos estudos e outras atividades saudáveis — lembrando o terror passado apenas nas visitas ocasionais de autoridades relacionadas com campanha que meus apelos e evidências haviam desencadeado. Em meados de julho — um ano exato depois da experiência de Innsmouth —, passei uma semana com a família de minha falecida mãe em Cleveland, checando alguns de meus novos dados genealógicos com as diversas notas, tradições e peças de herança que haviam por lá e vendo que tipo de mapa de relações em poderia construir.

Essa tarefa não me foi especialmente prazerosa, porque a atmosfera da casa dos Williamson sempre me deprimira. Havia ali um ranço de morbidez e minha mãe nunca me encorajara a visitar seus pais quando eu era criança, embora sempre recebesse bem o pai quando ele vinha a Toledo. Minha avó de Arkham me parecia muito estranha e quase aterrorizante, e não creio que tenha lamentado a sua partida. Eu tinha 8 anos, então, e dizia-se que ela vivia delirando de tristeza depois do suicídio do meu tio Douglas, seu primogênito. Ele havia se matado depois de uma viagem à Nova Inglaterra — a mesma viagem, sem dúvida, que fizera com que fosse lembrado na Sociedade Histórica de Arkham.

Esse tio parecia-se com ela e também nunca me agradara. Alguma coisa na maneira de olhar fixa, sem piscar, dos dois provocava em mim uma inquietação vaga e indescritível. Minha mãe e o tio Walter não tinham aquela expressão. Eles eram parecidos com seu pai, mesmo que o pobre primo Lawrence — filho de Walter — fosse quase uma duplicata perfeita da avó antes de seu estado mental levá-lo à reclusão permanente num asilo em Canton. Eu não o via há quatro anos, mas meu tio sugeriu, certa vez, que seu estado, tanto físico quanto mental, era péssimo. Esse tormento talvez tivesse sido o principal motivo para a morte de sua mãe dois anos atrás.

Meu avô e seu filho viúvo, Walter, constituíam agora toda a família de Cleveland, mas a lembrança dos velhos tempos pairava pesadamente sobre eles. O lugar ainda me perturbava e tentei fazer minhas investigações o mais depressa possível. Os registros e tradições dos Williamson me foram fornecidos em abundância por meu avô, embora, para o material sobre os Orne, eu tivesse de contar com o tio Walter, que colocou à minha disposição todos os seus arquivos, inclusive anotações, cartas, recortes, lembranças, fotos e miniaturas.

Foi examinando as cartas e fotos do lado Orne que comecei a adquirir um certo terror de meus próprios ancestrais. Como já disse, minha avó e meu tio Douglas sempre me inquietaram. Agora, anos depois de seu desaparecimento, eu olhava seus rostos retratados com um sentimento de repulsa e estranheza muito maior. De início, não consegui compreender a mudança, mas, aos poucos, uma terrível *comparação* começou a se infiltrar por meu subconsciente apesar da firme recusa de minha consciência a admitir a menor suspeita daquilo. Era evidente que a expressão típica daqueles rostos sugeria agora algo que não havia sugerido antes, algo que provocaria um pânico absoluto se fosse pensado com liberdade.

Mas o pior choque veio quando meu tio me mostrou as joias dos Orne que estavam guardadas numa caixa-forte no centro da cidade. Algumas peças eram delicadas e inspiradoras, mas havia uma caixa com velhas peças exóticas que meu tio relutou em me mostrar. Tinham, segundo me disse, um desenho muito grotesco e quase repulsivo e, ao que ele sabia, jamais haviam sido usadas em público, embora minha avó gostasse de admirá-las. Lendas vagas de má sorte as cercavam e a governanta francesa de minha bisavó havia dito que não deviam ser usadas na Nova Inglaterra, embora fosse seguro usá-las na Europa.

Quando meu tio começou a desembrulhar lentamente, e aos resmungos, as coisas, ele me recomendou que não ficasse chocado com a estranheza e frequente repulsa que os desenhos causavam. Artistas e arqueólogos que os viram declararam que seu feitio era de notável e exótico requinte, embora nenhum deles tivesse sido capaz de definir com precisão o material de que eram feitos ou atribuí-los a alguma tradição artística específica. Havia ali dois braceletes, uma tiara e uma espécie de peitoral, este último com figuras em alto-relevo de uma extravagância quase insuportável.

Controlei minhas emoções durante essa exposição, mas meu rosto deve ter traído os temores crescentes que me acometiam. Meu tio parecia concentrado e fez uma pausa em sua atividade para estudar meu rosto. Fiz um gesto para ele prosseguir, o que ele fez com renovados sinais de relutância. Ele parecia esperar alguma demonstração quando a primeira peça — a tiara — tornou-se visível, mas duvido que esperasse o que de fato aconteceu. Eu também não o esperava, pensando que estava perfeitamente prevenido do que seriam as joias. O que eu fiz foi desmaiar em silêncio como me acontecera naquela escavação ferroviária coberto de mato um ano antes.

Daquele dia em diante, minha vida tem sido um pesadelo de cismas e apreensões, sem saber o quanto é odiosa verdade e o quanto é loucura. Minha bisavó havia sido uma Marsh de origem desconhecida cujo marido vivera em Arkham; e Zadok não havia dito que a filha de Obed Marsh com uma mãe monstruosa havia se casado com um homem de Arkham aproveitando-se de um ardil? O que fora mesmo que o velho beberrão havia murmurado sobre os meus olhos parecerem-se com os do capitão Obed? Em Arkham, também, o curador me havia dito que eu tinha os olhos dos Marsh. Seria Obed Marsh o meu próprio tataravô? Quem — ou o *quê* — então era minha tataravó? Mas isso tudo poderia ser loucura. Esses ornamentos de ouro esbranquiçado poderiam perfeitamente ter sido comprados de algum marinheiro de Innsmouth pelo pai de minha bisavó, fosse ele quem fosse. E aquele olhar fixo nos rostos de minha avó e meu tio suicida poderia ser uma pura fantasia de minha parte — pura fantasia instigada pelas sombras de Innsmouth que tanto haviam obscurecido minha imaginação. Mas por que meu tio havia se matado depois de uma busca do passado na Nova Inglaterra?

 Durante mais de dois anos, consegui repelir essas reflexões com relativo sucesso. Meu pai conseguiu-me um emprego num escritório de seguros e eu me enterrei o melhor que pude na rotina. No inverno de 1930-31, porém, vieram os sonhos. No início eles eram esparsos e insidiosos, mas, com o passar do tempo, foram aumentando de frequência e intensidade. Vastidões aquáticas abriam-se diante de mim, e eu parecia errar por titânicos pórticos e labirintos submersos de paredes ciclópicas cobertas de mato na companhia de peixes grotescos. Depois, as outras formas começaram a aparecer, enchendo-me de um horror inominável no momento em que eu acordava. Mas, durante os sonhos, elas não me horrorizam em absoluto — eu era uma delas, usando seus adornos inumanos, percorrendo seus caminhos aquáticos e orando de maneira torpe em seus templos ímpios no fundo do mar.

    Havia muito mais do que eu poderia lembrar, mas mesmo o que eu me lembrava a cada manhã teria bastado para me classificar como um louco ou um gênio se eu ousasse algum dia escrever isso tudo. Alguma influência tenebrosa, eu sentia, estava tentando arrastar-me gradualmente para fora do mundo são, de uma vida salutar para abismos inomináveis de alienação e trevas, e o processo me consumia. Minha saúde e aparência foram ficando cada vez piores até que fui forçado a desistir do emprego e adotar a vida reclusa e estática de um inválido. Alguma enfermidade nervosa estranha havia se apossado de mim e tinha momentos em que quase não conseguia fechar os olhos.

    Foi então que comecei a estudar o espelho com crescente apreensão. Não é agradável de se ver os lentos estragos da doença, mas em meu caso havia alguma coisa um pouco mais sutil e intrigante por trás. Meu pai parecia notá-lo, também, pois começou a me olhar de maneira curiosa e quase apavorada. O que se estava passando comigo? Estaria ficando parecido com minha avó e meu tio Douglas?

    Certa noite, tive um sonho apavorante onde encontrei minha avó no fundo do mar. Ela morava num palácio fosforescente com muitos terraços, jardins com estranhos corais leprosos e grotescas florescências branquiadas, e saudou-me com uma cordialidade que pode ter sido irônica. Ela havia mudado — como os que partem para a água mudam — e contou-me que não havia morrido. Havia, isso sim, ido a um local de que seu falecido filho fora informado e saltara para um reino cujas maravilhas — destinadas a ele também — ele havia rejeitado com uma pistola fumegante. Esse haveria de ser meu reino também — eu não poderia escapar dele. Eu não morreria jamais e viveria entre os que existiam desde antes do homem andar sobre a Terra.

Encontrei também aquela que fora a sua avó. Por oitenta mil anos, Pth'thya-l'yi vivera em Y'ha-nthlei e para ali ela havia voltado depois da morte de Obed Marsh. Y'ha-nthlei não fora destruída quando os homens da terra superior atiraram a morte para dentro do mar. Ela fora ferida, mas não destruída. Os Profundos não poderiam ser destruídos jamais, ainda que a magia paleogênica dos esquecidos Antigos pudessem, às vezes, barrá-los. Por enquanto, eles descansariam, mas algum dia, caso se lembrassem, erguer-se-iam de novo para o tributo que o Grande Cthulhu almejava. Seria uma cidade maior que Innsmouth da próxima vez. Eles haviam planejado disseminar-se e haviam criado aquilo que os ajudaria, mas por agora deviam esperar ainda uma vez. Por ter trazido a morte dos homens da terra superior, eu teria de fazer uma penitência, mas ela não seria muito pesada. Este foi o sonho em que eu vi um *shoggoth* pela primeira vez, e a visão me fez despertar num frenesi de gritos. Naquela manhã, o espelho me informou definitivamente que eu havia adquirido *o jeito de Innsmouth*.

Até agora, não me matei como meu tio Douglas. Comprei uma automática e quase dei o passo, mas certos sonhos me detiveram. Os tensos extremos de horror estão diminuindo e eu me sinto curiosamente atraído para as profundezas marítimas desconhecidas em vez de temê-las. Ouço e faço coisas estranhas durante o sono e desperto com uma espécie de exaltação em vez de terror. Não creio que tenha de esperar pela transformação completa como a maioria. Se o fizer, é bem provável que meu pai me interne num asilo como aconteceu com meu pobre priminho. Esplendores fabulosos e inauditos me esperam abaixo, e eu logo os procurarei. *Iä-R'lyeh! Cthulhu fhtagn! Iä Iä!* Não, eu não me matarei, não posso ser levado a me matar!

Vou tramar a fuga de meu primo daquele asilo de Canton e juntos nós iremos para a encantada Innsmouth. Nós nadaremos para aquele recife que se estende sobre o mar e mergulharemos para os abismos negros da ciclópica Y'ha-nthlei de muitas colunas. E, naquela morada dos Profundos, viveremos em meio a glórias e prodígios para todo o sempre.

(1931)

Sobre o Autor

O século que experimentou um fantástico progresso na mecanização da produção, uma extraordinária jornada de investigação, sob a égide da ciência, de todos os meandros da atividade humana — produtiva, social, mental —, foi também o período em que mais proliferaram, na cultura universal, as incursões artísticas na esfera do imaginário, os mergulhos no mundo indevassável do inconsciente. Literatura, rádio, cinema, música, artes plásticas, e depois, também, a televisão, entrelaçaram-se na criação e recriação de mundos sobrenaturais, em especulações sobre o presente e o futuro, em aventuras imaginárias além do universo científico e da realidade aparente da vida e do espírito humanos.

Howard Phillips Lovecraft (1890-1937), embora não tenha alcançado sucesso literário em vida, foi postumamente reconhecido como um dos grandes nomes da literatura fantástica do século XX, influenciando artistas contemporâneos, tendo histórias suas adaptadas para o rádio, o cinema e a televisão, e um público fiel constantemente renovado a cada geração. Explorando em poemas, contos e novelas os mundos insólitos que inventa e desbrava com a mais alucinada imaginação, Lovecraft seduz e envolve seus leitores numa teia de situações e seres extraordinários, ambientes oníricos, fantásticos e macabros que os distancia da realidade cotidiana e os convoca a um mergulho nos mais profundos e obscuros abismos da mente humana.

Dono de uma escrita imaginativa e muitas vezes poética que se desdobra em múltiplos estilos narrativos, Lovecraft combina a capacidade de provocar a ilusão de autenticidade e verossimilhança com as mais desvairadas invenções de sua arte. Ele povoa seu universo literário de monstros e demônios, de todo um panteão de deuses terrestres e extraterrestres interligados numa saga mitológica que perpassa várias de suas narrativas, e de homens sensíveis e sonhadores em perpétuo conflito com a realidade prosaica do mundo.

do mesmo autor
nesta editora

à procura de kadath

a cor que caiu do céu

o horror em red hook

o horror sobrenatural em literatura

a maldição de sarnath

nas montanhas da loucura

Este livro foi composto em Vendetta e Variex pela *Iluminuras* e terminou de ser impresso em outubro de 2015 nas oficinas da *Meta Brasil Gráfica*, em papel off-white 80 gramas, em Cotia, SP.